PAUL LASCAUX

Burgunderblut

TÖDLICHES SIEGEL Während der Detektiv Heinrich Müller in Bern sein Leben neu ordnet, entdeckt man im Schloss Grandson eine Leiche. Ein Mann liegt tot auf der Streckbank in der Folterkammer, in der Hand hält er die Hälfte eines Siegels. Kurz darauf erscheint ein mysteriöser Unbekannter in der Detektei und erteilt Müller den Auftrag, den Mord zu untersuchen. Er überreicht dem Detektiv die zweite Hälfte des Siegels. Diese soll den Anspruch auf einen Schatz bekräftigen, der im Zusammenhang mit Karl dem Kühnen sowie dem Orden vom Goldenen Vlies steht. Gerade rechtzeitig kehrt Nicole Himmel in die Detektei Müller & Himmel zurück. Zusammen nehmen sie sich dem Fall an, der weitreichende Folgen nach sich ziehen könnte. Denn die Stabilität Europas ist in Gefahr.

Paul Lascaux ist das Pseudonym des Schweizer Autors Paul Ott. Der studierte Germanist und Kunsthistoriker, geboren 1955, ist am Bodensee aufgewachsen und wohnt seit 1974 in Bern. In den letzten 30 Jahren hat er neben zahllosen journalistischen Arbeiten mehrere literarische Veröffentlichungen realisiert, vor allem Kriminalromane und kriminelle Geschichten. Auch als Herausgeber von Krimianthologien und Initiator des Schweizer Krimifestivals Mordstage hat er sich einen Namen gemacht. Burgunderblut ist bereits der siebte Krimi um die Detektei Müller & Himmel.

Bisherige Veröffentlichungen im Gmeiner-Verlag:
Schokoladenhölle (2013)
Mordswein (2011)
Gnadenbrot (2010)
Feuerwasser (2009)
Wursthimmel (2008)
Salztränen (2008)

PAUL LASCAUX

Burgunderblut

Ein Fall für Müller & Himmel

Original

GMEINER

Besuchen Sie uns im Internet:
www.gmeiner-verlag.de

Im Ehnried 5, 88605 Meßkirch
Telefon 0 75 75 / 20 95 - 0
info@gmeiner-verlag.de

1. Auflage 2014

Lektorat: Sven Lang
Herstellung: Mirjam Hecht
Umschlaggestaltung: U.O.R.G. Lutz Eberle, Stuttgart
unter Verwendung eines Fotos von: © Schlierner – Fotolia.com
Druck: GGP Media GmbH, Pößneck
Printed in Germany
ISBN 978-3-8392-1602-6

»Unter die mancherlei schädlichen und unschädlichen Spielwerke, mit welchen sich unser philosophisches Jahrhundert beschäftigt, gehört auch die Menge geheimer Verbindungen und Orden verschiedener Art. Man wird heutzutage in allen Ständen wenig Menschen antreffen, die nicht von Wissbegierde, Tätigkeitstrieb, Geselligkeit oder Vorwitz geleitet, wenigstens eine Zeit lang Mitglieder einer solchen geheimen Verbrüderung gewesen wären.

[…] Allein diese geheimen Verbindungen sind auch schädlich für die Welt. Schädlich, weil alles, was im Verborgnen geschieht, mit Recht in Verdacht gezogen werden kann […]«

Adolph Freiherr von Knigge: *Über den Umgang mit Menschen*

DIE WICHTIGSTEN FIGUREN

Heinrich Müller: Privatdetektiv *Detektei Müller & Himmel*, Ex-Polizist, wohnt in Bern, deutlich über 50 Jahre alt

Nicole Himmel: Anthropologin, arbeitet im *Alpinen Museum Bern* und in der *Detektei Müller & Himmel*

Baron Biber: der Kater von Heinrich Müller, heißt mit vollem Namen *Baron Tartine Biber der Erste*

Mathilda: eine lebhafte Katzendame

Markus Forrer: Kontaktmann bei der Police Bern

Michelle Broccard: Informatikerin, stellt im Team Müller / Himmel die digitale Recherche sicher

Beat Jenzer: Historiker, stellt im Team Müller / Himmel die historische Dimension in den richtigen Rahmen

FREITAG, 13.9.2013

Über einen einsamen Detektiv gab es nicht viel zu sagen. Das Leben trieb ihn vor sich her. Heinrich Müller machte Pläne, die er nicht in die Tat umsetzte. Er entwickelte geniale Konzepte und verwarf sie nach genauerem Überlegen. Er dachte an die Freunde, die ihn verlassen, und an die Fälle, die ihn beschäftigt hatten. Er schaute sich die Helden verschiedener TV-Serien an, bis er nicht mehr wusste, ob er zu ihnen gehörte.

Müller kaufte Lebensmittel, die das versprochene Geschmackserlebnis nicht erfüllten. Er kochte, als ob er eine Menge Gäste bewirten müsste, und aß dann tagelang die Reste. Er trank ab und zu einen über den Durst. Kurz: Heinrich Müller benahm sich wie jeder Zweite im Land. Und an die andere Hälfte verschwendete er keinen Gedanken.

Gestern hatte der Detektiv bis weit nach Mitternacht in einem Thriller gelesen, von dem er bis zum Morgengrauen zehrte, wann immer ein Traumbild aufflackerte. Dazwischen weckten ihn Baron Biber und Mathilda, die Dämmerungsaktiven. Sie legten sich zu seinen Füßen, an seine Flanke, nicht ohne ihre Anwesenheit mit einem lauten Schnurren und mit einem Nasenstupsen kundzutun. Fütterungszeit. Danach wieder unter die Decke, um den Tag wach zu träumen und neue Lebenskonzepte zu entwickeln. Bis kurz vor zehn. Dann wurde auch ein Detektiv dämmerungsaktiv, selbst wenn draußen bereits hell die Sonne schien.

Heinrich Müller stand auf wie Phönix aus der Asche. Jedenfalls dachte er das, als er an einem Freitagmorgen im September erwachte, Baron Biber auf seiner Brust, Mathilda am linken Unterschenkel. Als er sich aufgerappelt hatte, stellte sich heraus, dass er noch etwas flügellahm war. Also Asche, ja; Phönix, eher nein.

Nachdem Heinrich die Katzen erneut gefüttert hatte, setzte er sich an den Küchentisch, die Tasse mit dem frischen Kaffee wärmte seine Finger, er starrte aus dem Fenster auf die Straße, blickte aber in sich hinein. Die Asche. Irgendwo musste ein Feuer lodern oder zumindest schwelende Glut zu spüren sein. Müller aber fand nur die Leere, die ihn bereits seit Wochen aushöhlte, ohne dass ihn dieser Zustand weiter beunruhigt hätte. Er war noch am Leben, und solange Blut in seinen Adern pulste, gab er nicht klein bei.

In der Küche drückte er die Knöpfe des CD-Players und ließ Patti Smith ›Gloria‹ singen, ein Stück, das mit leisem Klaviereinsatz begann. Die gelassene Sprechstimme der Sängerin steigerte bald den Rhythmus und driftete, begleitet von einer swingenden Jazz-Gitarre und einem treibenden Schlagzeug, in ein Crescendo, das Heinrich früher jeweils gehört hatte, wenn er sich auf den Ausgang vorbereitete. Heute half es ihm in den Tag hinein. Am Frühstückstisch überflog Müller die Zeitung von gestern, die er noch nicht zu Ende gelesen hatte.

Aus dieser Lektüre war noch nie ein Auftrag entstanden. Aber man machte sich ein Bild von der Welt da draußen. Es war kein gutes Bild, sondern eines von manipulierten Krisen, herbeigeschriebenen Skandalen und künstlicher Aufregung. Als ob sich der Mensch die in der Bequemlichkeit seines Daseins verlorene innere Anspannung in der größeren Welt zusammenklaubte. Alltagstaugliche Verschwörungstheorien. Während draußen an der Tür die Goldbuchstaben vom Schild *Detektei Müller & Himmel* stetig abblätterten, blieb Heinrich Müllers Blick an einem kurzen Artikel hängen.

Mord im Schloss

Laut Communiqué der Waadtländer Kantonspolizei ist es am Mittwoch im Schloss Grandson zu einem makabren Tötungsdelikt gekommen. Ein Mann noch unbestimmter Identität wurde im Ausstellungsraum mit den mittelalterlichen Folterinstrumenten aufgefunden. Er lag auf dem Streckbett, mit Seilen und Gewichten festgemacht. Allerdings waren keine äußeren Verletzungen sichtbar. Die Polizei geht von einem Mord aus, will aber vorerst eine Selbsttötung nicht ausschließen. Die rechtsmedizinische Untersuchung muss Klarheit bringen.

Da war sie, die Asche, aus der der Vogel Phönix aufsteigen sollte. In Detektiv Müller brannte das Feuer schon vernehmlich stärker, auch wenn er nicht wusste, warum ihn gerade diese Nachricht derart beschäftigte.

»Streckbett« rief natürlich dramatische Bilder in ihm hoch, und wenn ihn auch die Grausamkeit einer solchen Tat erschreckte, faszinierte ihn doch die unbändige Gewalt, die dahinterstecken musste. Ging es um eine autoerotische Strangulation, oder war es das Werk von Folter und Demütigung? Alle seine Sinne erwachten. Der Phönix hatte sich in die Luft begeben.

SAMSTAG, 14.9.2013

»Haaallo! Haaallo!« und ein letztes abgesenktes »Hallo!« rissen Heinrich Müller aus dem Schlaf. Im Kopf das Bild eines verzweifelten außerirdischen Mädchens. Seine Lektüre schien ihm nicht gutzutun. Es war allerdings der streunende, liebestolle Kater mit seiner klagenden Stimme.

Herzklopfen und Hühnerhaut.

Heinrich Müller beschäftigte sich mit den kleinen Dingen. Er las Postkarten, die man ihm vor 30 Jahren zugeschickt hatte. Er sortierte seine Schallplattensammlung nach einem nur ihm selbst bekannten System. Er hörte fremden Menschen beim Telefonieren zu, dachte sich seinen Teil bei den Gesprächen, von denen er nur die Hälfte mitbekam, und erfuhr dennoch intime Details, aus denen er sich eigene Geschichten bastelte.

Müller erntete den verstörten Blick einer Dame, als er die Haare ihres Barts zählte. Er versuchte herauszufinden, bei wie vielen Frauen man der Haarfarbe noch trauen konnte. Er übte das laute Lesen mittelalterlicher Tagelieder. Er reihte die Namen aller bestiegenen Berge an einer Schnur auf. Und er verglich die Wetterdaten des hundertjährigen Kalenders mit der Wirklichkeit. Und dann traf er eine Entscheidung.

Er benannte die Bar neu, die an so viele begeisternde und traurige Momente seines Lebens erinnerte. Er nannte sie nun *Zum Schwarzen Kater.* Den alten Namen hatte er bereits überpinselt und ein rote Grundierung gelegt. Eben wollte er die Schablone mit den neuen Buchstaben anbringen, als ein älterer Herr in einem schwarzen englischen Regenmantel an seine Leiter klopfte.

»Sie sind der Detektiv?«, stellte er eher fest, als dass er fragte.

»Woran sieht man das?«, wollte Müller wissen.

»An der unbeschreiblichen Eleganz, mit der sie sich auf den Sprossen bewegen.«

Heinrich schluckte leer und stieg hinunter, gab dem Unbekannten die Hand und bat ihn in den ersten Stock.

»Diese Buchstaben hätten auch eine Auffrischung nötig«, sagte dieser und wies mit gichtigen Fingern auf das Schild.

»Erst mal wieder in die Gänge kommen«, brummte Müller. Er öffnete die Tür, die nicht abgeschlossen war. Die leisen Töne, die im Treppenhaus hörbar waren, schwollen nun zu einer Hymne der Sechziger an, ›Somebody to Love‹ sang Grace Slick von den Jefferson Airplane. Der Kunde verzog den Mund.

›When the garden's flowers, baby, are dead.
Yes, and your mind, your mind is so full of red …‹

Müller stoppte die CD, die Worte ergaben auch wenig Sinn. Er musste sich auf seinen Gast konzentrieren.

»Nicht Ihre Musik?«, fragte er und schaute in die brennenden Augen des Mannes, der ihn um einen Kopf überragte.

»Nicht meine Musik«, konstatierte der andere. »Aber ich bin nicht hier, um über Musik zu diskutieren.«

»Das hätte mich auch überrascht.«

Er setzte sich erst auf den einzigen Stuhl im Raum, nachdem er darum gebeten worden war.

»Sie sehen, ich bin etwas desorganisiert«, begann Heinrich Müller. Eine Orange rollte über den Schreibtisch und blieb an einer Pistolenattrappe hängen. Der Fremde zuckte kurz mit den buschigen Brauen.

»Die Geschäfte laufen schlecht«, sagte der Fremde, und man wusste wieder nicht, war es eine Frage oder eine Feststellung.

»Sie laufen schlecht«, wiederholte der Detektiv.

»Sie hätten also Zeit für einen Auftrag.«

Müller schwieg und machte eine Geste, fortzufahren.

»Was sagt Ihnen der Begriff ›Siegel‹?«

»Wie in ›Siegelring‹?«

Der Mann, der sich immer noch nicht vorgestellt hatte, nickte.

»Damit drückt man irgendein Symbol in Wachs, um einen Brief zu schützen …«

»… oder um eine Urkunde zu bekräftigen«, ergänzte der Besucher.

»Mittelalter.«

»Genau. Es gibt ein Hauptsiegel, das mit dem Wappen eines Herrschers verziert ist, mit dem er seinen Willen kundtut. Und dann gibt es Kontrollsiegel, die die Echtheit des Hauptsiegels bestätigen.«

»Wie die Kontrollnummer auf einer Kreditkarte«, sagte Heinrich.

»So ungefähr«, brummte der andere. »Jedenfalls waren diese Sekret- oder Rücksiegel häufig auf der Rückseite des Hauptsiegels angebracht. Sie galten auch als Geheimsiegel.«

»Interessant«, stellte Müller nüchtern fest.

»Warten Sie, bis Sie den Zusammenhang sehen. Hier habe ich ein Siegel.« Er kramte in der Innentasche seines Mantels, den er anbehalten hatte, und brachte einen Gegenstand aus Metall hervor. »Jedenfalls das, was davon übrig ist.« Er legte ihn auf den Tisch. Es war die Hälfte eines Rundsiegels, fast fünf Zentimeter Durchmesser.

»Ziemlich groß«, meinte der Detektiv und nahm es in die Hand. »Schwer. Ist es Gold?«

»Wahrscheinlich Blei, vergoldet. Reines Gold wäre wohl zu kostbar gewesen. Blei konnte gut gegossen werden. Außerdem täuscht es durch seine helle Farbe Silber vor«, erklärte der Mann.

»Soweit ich mich erinnere, wird Blei im Laufe der Zeit spröde und brüchig.«

»So ist es. Deshalb konnte das Siegel auch gebrochen werden.«

»Wer hat das getan?«, fragte Müller.

»Das ist eine der Fragen, die Sie beantworten sollen«, meinte der Fremde.

»Ich soll auch herausfinden, wo die zweite Hälfte ist«, stellte Heinrich fest.

»Ich sehe, man hat mir den richtigen Mann empfohlen.«

»Und die beiden Hälften zusammenführen … Zu welchem Zweck?«

»Das werden Sie später erfahren. Vielleicht auch nie. Es hängt davon ab, wie sich gewisse Dinge entwickeln.«

»Die Entwicklung, von der Sie reden«, begann Müller vorsichtig, »wird sie durch das Zusammenfügen der Teile beschleunigt oder behindert?«

»Sie sind ein neugieriger junger Mann.«

Bei ›jung‹ horchte Heinrich Müller auf. Es lag einige Zeit zurück, dass man den Mittfünfziger als jung bezeichnet hatte, und er wusste nicht, ob er sich geschmeichelt fühlen sollte.

»Ein Geheimnis also«, brummte er. »Ein solches

Geheimnis ist immer eine teure Sache. Was soll es bringen?«

»Wenn Sie Ihre Arbeitsschritte dokumentieren, bekommen Sie für die nächsten drei Monate pauschal 20.000 Franken …«

»Egal, was ich als Ergebnis präsentiere?«

»Egal. Wenn Sie erfolgreich sind, gibt es einen Folgeauftrag. Verhandlungsbasis 50.000 Franken.« Er legte ein Bündel mit zehn Tausendernoten auf den Tisch. »Die Anzahlung.«

»Das ist aber viel Geld für ein zerbrochenes Siegel«, sagte Heinrich staunend. Abzulehnen stand in seiner Lage außer Frage.

»Wie Sie bereits sagten … Geheimnisse sind teuer.«

»Sie hätten nicht den klitzekleinsten Hinweis, wo ich mit meiner Suche beginnen soll?«, fragte Müller.

»Doch«, entgegnete der Auftraggeber, indem er sich erhob und Anstalten machte, die Detektei zu verlassen. »Beginnen Sie beim Mord im Schloss Grandson, von dem Sie bestimmt gelesen haben.«

»Wie kann ich Sie erreichen?«

»Keine Sorge, ich erreiche Sie!«

»Eine Frage noch«, rief Müller dem Mann hinterher.

»Ja?«

»Wie sind Sie ausgerechnet auf mich gekommen?«

»Ich habe ›Gnadenbrot‹ gelesen. Mir scheint, Sie kennen sich mit den Burgunderkriegen aus.«

»Das Siegel behalte ich hier«, beeilte sich Müller zu sagen.

»Es ist eine Kopie«, erwiderte der Fremde, bevor er die Tür hinter sich zuzog.

MONTAG, 16.9.2013

Seit sich Bernhard Spring aus dem Polizeidienst verabschiedet hatte, hatte Heinrich Müller nicht mehr auf die Dienste der Ermittlungsbehörden zurückgegriffen. Nun erfuhr er, wie schwierig es war, nach langen Jahren der Absenz vom Dienst wieder vertrauenswürdige Beziehungen zu Personen aufzubauen, die ihm Einblick in Akten ermöglichten. Erschwerend kam hinzu, dass Grandson in der Gerichtsbarkeit von Yverdon-les-Bains lag, der zweitgrößten Stadt im Kanton Waadt. Das ehemalige Untertanengebiet der Republik Bern ließ sich ausgerechnet aus der Bundesstadt ungern in die Bücher blicken.

Über Markus Forrer, einem alten Kollegen, der zeitweise unter Bernhard Spring gearbeitet hatte, gelang es Heinrich schließlich, einen Kontakt zur Staatsanwaltschaft herzustellen und die Akten zumindest in Kopie überstellen zu lassen. Die digitalen Daten fanden den Weg auf Müllers Computer, als ob er weiterhin zur Einheit gehören würde.

»Von mir hast du es nicht«, war einer der meistgehörten Sprüche, mit denen der Alltag des Detektivs gewürzt war. Sein polizeilicher Whistleblower benutzte ihn auch.

Zuerst einmal nahm sich Müller den Tatortbefund vor. Er ging nicht wesentlich über den Zeitungsbericht hinaus. Jemand musste mit einem Nachschlüssel den Zugang zum Schloss Grandson geöffnet haben. Es wurde bereits um das Jahr 1000 erwähnt, der heutige Bau stammte aus dem 13. Jahrhundert, eine abweisende Viereckburg im Savoyerstil, deren Mauern nun erneuert wurden. Ein massives Gerüst umgab die Burg bis auf die Höhe der Wehrgänge. Die Polizei nahm an, dass der Tote und mindestens ein Begleiter nachts in das Gemäuer eingedrungen waren, ohne Spuren zu hinterlassen. Wenn man von der Leiche einmal absah.

Die Leute hielten sich nicht lange im Eingangsbereich oder in der Kapelle auf, sie besichtigten auch die anderen historischen Räumlichkeiten nicht, sondern begaben sich geradewegs zur Folterkammer, in der neben Instrumenten der Grausamkeit aus dem Mittelalter auch Skurriles wie Keuschheitsgürtel ausgestellt waren, eher eines Kuriositätenkabinetts würdig als einer historischen Sammlung.

Die Streckbank hingegen war funktionstüchtig, das hatte das bemitleidenswerte Opfer zur Kenntnis nehmen müssen. Nicht umsonst war es früher ein beliebtes Element jeder Folter. Der Gefangene war an seinen ausgestreckten Händen über Kopf mit einem Seil angebunden. Dieses wurde über einen Rundbalken angezogen, bis die Gelenke des Opfers auskugelten – oder bis es alles gestand, was es begangen oder auch nicht verbrochen hatte. Die Knie lagen über einen Holzklotz geknickt, die Füße waren an schweren Steinen befestigt. Der Rechtsmediziner schätzte die Belastbarkeit der Sehnen und Gelenke auf wenige Minuten bis mehrere Stunden, je nachdem, wie schnell und mit welcher Kraft die Seile angezogen wurden.

Inzwischen hatte man den Mann identifiziert, denn er trug seine Brieftasche mit den Ausweisen bei sich. Er hieß Alessandro Hess, war in Bern wohnhaft, der Polizei im Übrigen unbekannt. Dieser Hess also konnte nicht allzu lange gelitten haben, denn neben den Schreien um Erbarmen, die für einen ungeübten Folterer kaum auszuhalten waren, hatte sich seiner bald eine segensreiche Ohnmacht bemächtigt, die ihm wohl nicht einmal mehr sein unmittelbares Ableben hatte bewusst werden lassen. Die tatsächliche Todesursache war nicht die Folter, sondern ein unter der extremen Belastung erlittener Herzinfarkt.

Also hatte er kaum etwas verraten, dachte Müller. Deswegen war bald mit einem neuen Opfer zu rechnen.

Der Polizeibericht hielt weiter fest, dass in einem offenen Feuergefäß Reste von Holzkohle gefunden worden waren, die nicht aus früheren Zeiten stammen konnten, denn der Raum war peinlich sauber gehalten worden. Auch lag ein länglicher Eisenstab, der dort nicht hingehörte, im Raum. Am Stab war ein Gegenstand befestigt gewesen, mit dem man dem Opfer ein Brandmal in die rechte, die Schwurhand gestanzt hatte. Neben den Fotos vom Tatort fand Heinrich Müller auch eine Vergrößerung dieses Brandmals vor, eine seltsam gezackte, halbrunde Form mit einem auf den ersten Blick kaum erkennbaren Zeichen.

»Das Siegel«, entfuhr es dem Detektiv, und er riss die Schublade auf, in der er seine Hälfte abgelegt hatte. Er legte sie auf das inzwischen ausgedruckte Foto. Sie passte!

Noch einmal rief er Markus Forrer an, den er zu einem Feierabendbier einlud. Zusammen saßen sie vor dem Computer. Müller strich sich über das schüttere Haar. Auf dem Bildschirm lagen zwei Fotos nebeneinander, das von der Hand der Leiche und eines von der zweiten Hälfte des Siegels, die Heinrich inzwischen eingescannt hatte.

»Du hast eine Grafiksoftware?«, fragte Forrer.

»Wenn wir mit Photoshop arbeiten können …«

»Ganz bestimmt. Wir fügen die beiden Bilder zusammen, indem wir sie aus ihrer Umgebung ausschneiden und in ein neues Dokument einsetzen«, sagte der Polizist. »So. Das Siegel ist wieder ganz.«

»Kann man daraus eine Gussform machen?«, fragte Müller.

»Wieso denn das?«

»Das Original bestand aus Blei mit Goldüberzug. Es war ein Hochrelief, sonst hätte man es ja nicht als Brandmarke verwenden können. Also brauchen wir ein Negativ, das diese Linien ausspart.«

»Wie alt bist du jetzt?«, wollte Forrer wissen und musterte die zunehmend kugelige Figur seines ehemaligen Kollegen.

»Was hat das damit zu tun?«, wunderte sich der Detektiv.

»Weil du in deiner einfachen Klause mit deinem Kater an der Welt vorbeilebst. Heute macht man das so: Wir erstellen eine Datei, die das gesamte Objekt millimetergenau ausmisst, dann legen wir die Dicke fest. Die Rückseite …«

»Die eigentlich die Vorderseite ist«, beeilte sich Müller, dem Prozess etwas Herrschaftswissen beizufügen.

»… lassen wir plan«, fuhr der Polizist stoisch fort. »Das Ganze senden wir per Mail an ein Unternehmen in Bern, eine 3-D-Druckerei.«

»Und was machen die?«

»Die drucken das Siegel in Hartplastik aus, als ob es nie gebrochen worden wäre.«

»Kannst du eine Expresslieferung veranlassen, damit wir es morgen vor Ort haben?« Müller blieb sachlich, aber das leise Beben in seiner Stimme konnte seine Überraschung und seine Erregung nur unschwer verbergen.

»Das Unternehmen nennt sich *Polizei*. Wir haben einen kleinen Drucker gekauft, um Tatspuren zu rekonstruieren, zum Beispiel um Schuhsohlen auszudrucken, damit wir sie vor Ort vergleichen können. Ich bringe dir dein Objekt morgen früh vorbei.«

Müller zeigte noch einmal auf den Bildschirm, überwältigt von den neuen technischen Möglichkeiten. »Wonach sieht das aus?«, fragte er seinen Exkollegen.

»So etwas habe ich noch nie gesehen. Die Zacken einer Krone? Dreh das Bild einmal um, wahrscheinlich steht es auf dem Kopf. Wenn wir davon ausgehen, dass der Tote jemandem etwas entreißen wollte, hat er von unten danach gegriffen.«

»Die Waadtländer Polizei geht von einem Brandmal aus, das lässt man sich nicht freiwillig einbrennen.«

»Das nicht. Vielleicht wollte er bloß nicht, dass das Siegel als das benutzt wurde, wozu es gedacht war, nämlich einen Vertrag zu bekräftigen«, sagte Forrer.

»Du glaubst, er hat seine Hand dazwischen gehalten, weil er dies verhindern wollte? Leuchtet ein.« Dann schaute er es noch mal von nahe an, kippte das Foto und sagte: »Die Darstellung ist nicht vollständig. Scheint wie vom Alter abgerieben.«

»Eine Krone ist es nicht, aber es sieht ihr ähnlich. Eine Basis, wie wenn man es auf den Kopf setzen könnte, davon ausgehend ein geschwungenes Horn, wahrscheinlich beidseits, aber nur das eine ist zu erkennen. In der Mitte ein Kreuz.«

»Erinnert mich irgendwie an diese eisernen Schuhabstreifer, nur etwas eleganter«, sagte Heinrich.

»Und kleiner. Es muss gut in der Hand liegen.«

Nachdem Markus Forrer den *Schwarzen Kater* verlassen hatte, begab sich Müller zurück an die Bar und wartete auf ein paar Zufallsgäste. Er legte Spooky Tooth auf, eine weitere Lieblingsband aus den Sechzigern, eine erdige Orgel, schleppender Bass und die dreckige Stimme des Sängers, der die hohen Töne nicht ganz traf, als er nach der ›Evil Woman‹ schrie.

Es war dann aber keine *evil woman*, die ins flackernde Licht des Schankraums trat, es war eher ein Engel, der dem Leben ein Leuchten schenkte. Ein Engel mit kurzen schwarzen Haaren und tief in die Stirn fallenden Locken.

Nicole Himmel war aus der Hölle zurück!

Jedermann dachte, sie hätte die letzten drei Jahre im Paradies verbracht. Nicole mochte nicht darüber reden.

»Gehen wir in mein Büro«, sagte der Detektiv. »Es gibt etwas, das ich mit dir besprechen möchte.«

Er ergänzte »unser Büro«, als sie im ersten Stock des Gebäudes vor der Tür standen, an der – leicht verblasst und mit einzelnen fehlenden Buchstaben – immer noch das Schild *Detektei Müller & Himmel* klebte.

»Willkommen zu Hause!«

Baron Biber und Mathilda hatten die beiden begleitet und verlangten ihren Anteil an der zärtlichen Begrüßung.

»Freu dich nicht zu früh«, flachste Nicole.

»Könnte schlimmer sein«, entgegnete Heinrich Müller. »Du bringst einen Fall?«

»Eine schwer durchschaubare Geschichte, bei der ich deine Hilfe brauche.«

»Du kennst meinen Tagessatz«, sagte der Detektiv.

»Ich denke, es heißt ›unsern‹?«, gab sie zurück.

»Einverstanden, wenn du wieder mitarbeitest.«

»Unter einer Bedingung«, sagte Nicole etwas nachdenklicher.

»Die wäre?«, wollte Heinrich wissen.

»Keine Leichen«, sagte sie tonlos.

DIENSTAG, 17.9.2013

Die frisch gestrichenen Buchstaben leuchteten in satter Farbe über dem Eingang *Zum Schwarzen Kater*. Aus der offenen Tür dröhnte die dreckige Gitarre aus ›Rock 'n' Roll Queen‹ von Mott the Hoople. Ian Hunter sang gerade eine unanständige Variante, während Heinrich Müller den Tresen polierte.

»Wieder dieser Lärm«, sagte einer mit einer spitzen Stimme in die kurze Leere vor dem nächsten Song.

»Was für ein Zufall«, erwiderte der Detektiv, als er auf den Ankömmling zutrat und ihm zum Gruß die Hand hinstreckte, die der andere aber ignorierte.

»Zufälle gibt es nicht«, sagte er.

»Also hat Sie die Vorsehung zu mir geführt?«

»Gerüchte verbreiten sich schnell«, sagte sein schwarz gekleideter Auftraggeber.

»Sie haben aber nicht schon wieder einen Krimi gelesen?«

Der Angesprochene verzog den Mund. »Ich würde den Gegenstand gerne sehen.«

Müller trocknete mit einem Handtuch die Gläserablage und bat seinen Gast ins Büro im oberen Stock. Wie beim ersten Mal setzten sie sich gegenüber auf die Stühle vor und hinter dem Schreibtisch. Der Fremde konnte eine gewisse Nervosität nicht verbergen. Er knackste mit den Fingern.

Heinrich Müller zog eine Schublade auf und griff nach einem Etui. Darin befand sich neben der Kopie und der anderen Hälfte auch das ganze, neu hergestellte Siegel. Er reichte es über den Tisch.

»Es ist Plastik«, sagte der Mann staunend.

»Hartplastik«, ergänzte Müller. »Kaum zu zerstören. Deckungsgleich mit dem Original.«

Der Auftraggeber zückte ein Kuvert mit einem weiteren Bündel von zehn Tausendernoten.

»Sie haben es verdient. Ich hätte nicht gedacht, dass es so schnell geht. Wie haben Sie es geschafft?«

»Aus dem Negativ, das sich in die Hand des Toten eingebrannt hat, und Ihrer Siegelhälfte haben wir einen Scan gemacht und das Ganze in einer Digitaldruckerei herstellen lassen.«

»Sie haben das Siegel ausgedruckt?«, fragte er zweifelnd.

»Es gibt offenbar doch Bereiche, in denen wir Ihnen voraus sind«, stellte Heinrich fest.

»Sieht so aus.« Er schmiegte das Siegel in seine Handinnenfläche, fühlte seine Beschaffenheit und stellte fest: »Das Feuereisen. Die Burgunder.«

»Da Sie nun so etwas wie der Wohltäter dieser Detektei geworden sind, möchte ich mich danach erkundigen, mit wem wir es zu tun haben.«

»Wir? Es ist mir an der Tür bereits aufgefallen: Die Schrift ist neu vergoldet. Ihre Partnerin ist wieder mit dabei?«

»Sie lenken ab«, sagte Müller.

»Entschuldigen Sie. Mein Name ist Enrico da Silva. Ich bin Sekretär einer Organisation, die sich mit der Überlieferung der Orden beschäftigt. Mehr brauchen Sie nicht zu wissen.«

»Sie haben vorhin ein Feuereisen und die Burgunder erwähnt. Worum geht es?«

Da Silva kratzte sich am schmalen, sauber rasierten Kinn, bevor er antwortete: »Ohne gewisse Informationen ist es wohl nicht getan. Nun denn. Forschen Sie ein wenig in der Geschichte des Burgunderreichs nach. Sie werden den Orden vom Goldenen Vlies finden. Das Feuerzeichen war sein Erkennungsmerkmal.«

»Das Siegel stammt also aus den Händen eines Mitglieds des Ordens vom Goldenen Vlies?«

»Wohl vom Ordensmeister selber.«

»Aber aus dem Mittelalter«, insistierte Müller. »Gerade gesprächig sind Sie ja nicht, für die Menge Geld, die Sie investieren.«

»Wie gesagt, es ist manchmal besser, man weiß nicht zu viel.«

»Ein paar zusätzliche Informationen dürften es schon sein, denn Sie hatten in Aussicht gestellt, dass es einen Nachfolgeauftrag gibt.«

»Gut. Der letzte Ordensmeister, der die alleinige Kontrolle innehatte, war Karl der Kühne. Wir gehen davon aus, dass irgendwo etwas versteckt ist, und zwar auf dem Gebiet der heutigen Schweiz. Etwas, das er nach der Schlacht von Grandson an einen sicheren Ort gebracht hat.«

»Dafür braucht es das Siegel?«

»Es öffnet wahrscheinlich einen Zugang.«

»Und was erwarten Sie zu finden?«, fragte der Detektiv.

»Nicht ich, Sie«, erwiderte da Silva. »Vergessen Sie nicht die 50.000 Franken, die Sie gegen das Überreichen des Fundes erhalten werden.«

»Es geht also um einen Schatz?«

»Ja und nein. Das, was Sie als Schatz bezeichnen, ist der weltliche Wert für reale Gegenstände. Kann sein, dass so etwas noch versteckt ist, wenn auch die Burgunder die meisten Kleinodien bei der Schlacht von Grandson verloren haben. Wir hingegen suchen einen beinahe überirdischen Schatz, einen Schlüssel für tiefere Wahrheiten.«

»Und welche Form hat dieser Schlüssel? Nur damit ich Bescheid weiß, wenn ich zufällig darüber stolpere. Nicht dass ich vor lauter irdischer Verblendung noch die wahren Schätze übersehe.«

»Darüber bin ich mir nicht sicher. Es könnte ein Buch sein, aber auch eine Statue als Geheimnisträger.

Sie werden es erkennen, wenn Sie an Ort und Stelle sind.«

»Sie sind nach wie vor nicht erreichbar für mich?«

»Wenn es nicht anders geht, kontaktieren Sie diese Stelle.« Er schob dem Detektiv eine Karte mit einer E-Mail-Adresse und einer Handynummer zu. Dann drehte da Silva das Siegel in seiner Hand hin und her und reichte es nur zögerlich über den Tisch.

»Behalten Sie es. Es ist eine Kopie. Wir haben ein zweites Exemplar ausgedruckt.« Damit schickte Müller den Sekretär fort.

Kurze Zeit später kam Nicole Himmel zu einem Apéro vorbei. Heinrich weihte sie in die neueste Entwicklung ein.

»Du hattest ein Rendezvous mit dem Teufel?«, fragte Nicole.

»Das nun gerade nicht«, antwortete Heinrich Müller. »Du hast den Kerl noch gesehen? Wie hat er auf dich gewirkt?«

»Wie ein Ketzer oder wie ein Jesuit.«

»Eher wie ein Inquisitor. Er nennt sich Enrico da Silva. Der Name ist erfunden. Es gibt keinerlei Daten dazu.«

»Dann ist er höchst verdächtig. Kommt er als Täter beim Mord im Grandson infrage?«

»Für die Streckbank?«, fragte Heinrich. »Eher nicht.

Er wirkt nicht so robust. Er müsste also mindestens zwei Leute angestiftet oder bezahlt haben, die den eigentlichen Mord verübten. Zwei Mitwisser. Außerdem hätte er dann die zweite Hälfte des Siegels selber besessen und mich nicht beauftragen müssen, sie zu finden. Noch ein Mitwisser, ein neugieriger obendrein.«

»Vielleicht war es nur ein Test, weil er dich für etwas anderes eingeplant hat. Ein unübersichtliches strategisches Spiel, in dem er die Fäden zieht.«

»Mit welchem Zweck? An persönlichen Gewinn glaube ich nicht.«

Er kam mit zwei Kaffees an den Tisch, an den sich Nicole gesetzt hatte. Sie trug einen kurzen karierten Rock, und zum ersten Mal sah er sie mit einer Brille.

»Lesebrille«, kommentierte sie. »Ich bemerke jetzt jede Hautunreinheit. Super Fortschritt.«

»Du wirst drüber hinwegkommen«, tröstete er.

»Du hast noch was rausgefunden. Ich seh's an deinen Augen«, sagte Nicole.

»Orden vom Goldenen Vlies. Sagt dir das etwas?«, fragte Müller.

»Davon gehört habe ich bereits. Im Historischen Museum spielte der Orden eine Rolle bei der Ausstellung über Karl den Kühnen, die vor ein paar Jahren gezeigt worden ist. Aber Details habe ich keine im Kopf.«

Sie nahm ihr Tablet aus der Tasche und gab ein paar Daten ein.

»Du wirst staunen«, sagte sie nach ein paar Minuten, »die heutigen Meister des Ordens sind der König von Spanien und der älteste Habsburger. Sie stehen den beiden Teilen vor, die sich nach dem Tod von Karl in der Erbfolge gebildet haben.«

»Gegner und Verbündete, Verheiratete und Verschwägerte seit Jahrhunderten«, erkannte Heinrich. »Zu welchen gehört da Silva?«

»Du meinst, er sei Abgesandter eines der beiden Teile des Ordens?«

»Behauptet hat er, er befasse sich mit der Überlieferung von Orden. Das heißt, er könnte auch vom Vatikan beauftragt sein.«

»Wir sitzen also zwischen Madrid, Wien und Rom in der Falle? Vielleicht doch keine so gute Idee, den Auftrag anzunehmen. Der Schatz ist bestimmt viel wertvoller als die lächerlichen 50.000, die man dir angeboten hat.«

»Hör bloß auf mit Verschwörungstheorien«, sagte Heinrich. »Am Ende schickt uns der Papst noch Satanisten auf den Hals.«

»Wer weiß …«

»Ernsthaft. Ich glaube das nicht. Der spanische König schickt keinen Killer durch Europa, um einen unbekannten Detektiv und seine Mitarbeiterin zu erledigen.«

»Das war nicht die Absicht. Aber einer hat schon dran glauben müssen.«

»Da stecken andere Interessen dahinter«, mutmaßte der Detektiv. »Da wird aufgebauscht und vorgetäuscht, damit verborgene Kräfte im Hintergrund wirken können.«

»Sagt der Mann, der sich gerade noch über Verschwörungstheorien lustig gemacht hat. Bevor du noch mit CIA, KGB, der NSA, den Merowingern oder den Tempelrittern kommst.« Nicole lachte.

»Trotzdem wäre es gut zu wissen, woraus dieses Geheimnis oder dieser Schatz besteht. Denn wenn sich heute dubiose Organisationen dafür interessieren, könnte der Schatz nach wie vor eine gewisse Sprengkraft haben.«

»Gehen wir hinter die Bücher«, schloss Nicole.

MITTWOCH, 18.9.2013

»Alessandro Hess hat in Bern gewohnt, an der Oranienburgstrasse, unterhalb des Aargauerstaldens. Früher hieß es Sandfluh, das war der ehemalige Sandsteinbruch, aus dem der Stein für die ersten Häuser der Altstadt gebrochen worden war.«

»Das sind diese Herrschaftshäuser unterhalb des Salem-Spitals?«

»Genau.«

»Wir gehen dort vorbei!«, jubelte Nicole.

»Wir brechen ein«, sagte Müller in nüchternem Ton. »Ich war gestern noch vor Ort. Die Wohnung ist versiegelt.«

Er bot seiner Partnerin Americano-Trauben an. »Violett im Geschmack«, sagte er, »wir haben sie Bettseicherli genannt.«

Vor Aufregung brachte sie kaum eine Beere runter.

Unterwegs aus dem Breitenrain Richtung Bärenpark erklärte Heinrich Müller Nicole, was er über Karl den Kühnen in Erfahrung gebracht hatte.

»Ludwig XI., König von Frankreich, kannte die Eidgenossen, denn an seinem Hof wurden junge Männer aus edlem Berner Geschlecht ausgebildet. Er schreibt:

Vous savez que les Souysses sont vaillans gens, et y estiez quand je les combati. Sa vous sentiez qu'ilz venissent, je vous prie que vous n'aiez point de honte de faire retirer mes gens.«*

Nicole fragte: »Wo hast du das her?«

»Aus Michael Stettlers *Bernerlob*.«

»Manchmal habe ich das Gefühl, das 15. Jahrhundert sei besser dokumentiert, als es das unsrige jemals sein wird.«

»Es ist auch mehr geschehen«, erklärte Heinrich, »und Bern hat für damalige Verhältnisse Weltpolitik gemacht. Übrigens hat Stettler auch Karl den Kühnen beschrieben: *Er ist innerhalb seiner niederländischen Umwelt auffallend rundschädlig, dunkelhaarig und helläugig, mit hängender Unterlippe und olivener Gesichtsfarbe von seiner portugiesischen Mutter her.*«

»Traumprinz sieht anders aus …«

»Er soll ja auch nicht dir gefallen!«

Sie kamen am Alpenblick vorbei, ein Hotel, das seinem Namen keine Ehre machte, denn die Zeiten, zu denen man von hier aus die Berge sehen konnte, waren längst Vergangenheit.

Heinrich fuhr fort: »Karl schwelgt in Träumen von antikem Ruhm, er ist unermüdlich, aber voller Wider-

---

* Sie wissen, dass die Schweizer tüchtige Krieger sind, und sie waren es bereits, als ich sie bekämpft habe. Wenn Sie merken, dass sie angreifen, bitte ich Sie darum, meine Leute zurückzuziehen, ohne sich dafür zu schämen.

sprüche, hart gegen sich und gegen andere bis hin zur Grausamkeit, melancholisch und misstrauisch, maßlos und freigiebig sowie voller Liebe zu Prunk und wertvollen Kunstwerken.«

»Damit könnte ich mich schon eher anfreunden.«

»In den Cäsarteppichen lässt er sich selber darstellen als Imperator, der das Geschick der Welt in seinen Händen hält. Die antiken Gestalten kommen in burgundischen Kostümen daher, der höfische Prunk der Herzöge wird in diesen Darstellungen aufgeboten. Und wie ein kurzes Märchen verläuft sein Leben.«

»Lass hören«, sagte Nicole.

»Am 10. November 1433 in Dijon geboren, der Vater ist Philipp III., der Gute von Burgund, die Mutter Isabelle von Portugal. Eigentlich ist es eine Seitenlinie der Valois, der französischen Königsfamilie, aber durch den Kampf für ein zusammenhängendes Herrschaftsgebiet werden sie zu Widersachern des Königs in Paris. Schon 20 Tage nach seiner Geburt schlägt man Karl zum Ritter des Ordens vom Goldenen Vlies.«

»Ein frühkindliches Trauma …«

»Um die zerrütteten Bande zu kitten, wird Karl als Siebenjähriger mit Katharina von Valois verheiratet, der damals zwölfjährigen Tochter von Karl VII., die jedoch bereits sechs Jahre später stirbt. Es heißt, die Ehe blieb kinderlos.«

Nicole prustete los: »Das ist Kindesmissbrauch, das

arme Kärlchen soll mit sieben Jahren das große Mädchen schwängern?«

»Jedenfalls will Karl acht Jahre später Margareta von York heiraten, muss jedoch auf Wunsch seines Vaters Isabelle von Bourbon nehmen, mit der er immerhin eine Tochter zeugt, die einzige Erbin: Maria von Burgund. Nach wenigen Jahren stirbt Isabelle, sodass er Margareta 1468 doch noch kriegt. 1473 sichert er in Trier bei einem Treffen mit Kaiser Friedrich III. die Heirat seiner Tochter mit dessen Sohn Maximilian, der seinem Vater auf den Thron folgt. In den frühen Jahren lebt sein späterer Widersacher, Ludwig XI., als Flüchtling am burgundischen Hof. So lernen sich die beiden kennen. Bald jedoch greift Karl französisches Gebiet an, und Ludwig, inzwischen König, ersucht um Verhandlungen, die 1468 in Péronne stattfinden sollen. Statt dem König und seinem bescheidenen Begleittross freies Geleit zu geben, lässt Karl die Franzosen verhaften und nimmt sie als Gefangene auf seinen Feldzug gegen die Stadt Lüttich mit. Ein anderer Ludwig, der von Diesbach, ein Berner in den Diensten des französischen Königs, beschreibt die daraus entstehende missliche Lage in seinem Tagebuch: *Uns befahl der König, mit ihm zu reiten. Wir waren fast von allem Geld entblößt und litten häufig unter Hunger und Kälte und waren in großen Sorgen um Leib und Leben wegen der Burgunder; denn wo sie heimlich einen umbringen konnten, da geschah es.* Bei einem Ausfall der Lütticher auf das Lager der Burgunder erstachen sie einen Kammerdiener innerhalb des Zeltes des Herzogs von Burgund. *Item, sie kamen dem König so nahe, dass sie ihm das Zelt verbrannten, in dem seine Leibbogenschützen lagen, und auch er selbst wurde nur mit knapper Not gerettet. Aber danach, um Sankt Simon und Judas, wurde die Stadt im Sturm erobert; und es ist darin zu einem solchen Gemetzel gekommen, dass es vor Lebenden und Toten kaum zu sagen ist.*«

»Das erschüttert mein Bild vom edlen Herzog ein wenig«, stellte Nicole fest.

Heinrich erzählte weiter: »1474 will er die Stadt Neuss erobern, hat jedoch keinen Erfolg. Die zehnmonatige Belagerung bedeutet im Rückblick den Beginn seines Niedergangs. Bereits im November desselben Jahres wird ein burgundisches Heer bei Héricourt von den Eidgenossen besiegt. Zusammen mit dem Herzogtum Savoyen will sich Karl 1476 für ein paar Scharmützel der Berner rächen und besetzt das Schloss Grandson, wo er entgegen seiner Beteuerungen die ganze Besatzung, 412 Mann, hinrichten ließ. Der Rest ist bekannt: Am 2. März desselben Jahres wird das burgundische Heer durch einen Überraschungsangriff in die Flucht geschlagen, am 22. Juni 1476 verliert es die entscheidende Schlacht von Murten und damit mehr als 10.000 Mann, und am 5. Januar 1477 in der Schlacht von Nancy wird der letzte Herzog von Burgund erschlagen.«

»Diese Maria erbt nun das ganze Vermögen?«, fragte Nicole.

»Das ist etwas komplizierter, denn die eigentliche Eheschließung findet erst einmal in Stellvertretung statt, bevor sich Maximilian um seine Braut kümmern kann. Es entsteht ein jahrelanger Erbstreit, bei dem die burgundischen Ländereien zwischen dem König von Frankreich und dem deutschen Kaiser aufgeteilt werden.«

Sie standen nun unterhalb des Rosengartens am Beginn der Oranienburgstrasse. Wunderbare Gärten erstreckten sich vor den dreistöckigen Villen.

»Es muss das dritte Haus sein«, sagte Müller und deutete auf einen Doppelbau. Das Satteldach drückte schwer auf die Lukarnen, und genau dort oben lag die gesuchte Wohnung. Im Parterre befand sich irgendeine Art von Gesundheitspraxis, jedenfalls mussten sie nicht lange warten, bis eine Person aus dem Haus trat und sie, ohne aufzufallen, ins Treppenhaus vordringen konnten.

»Da oben stören wir wenigstens niemanden«, flüsterte Nicole.

»Aber wir treten vielleicht jemandem auf dem Kopf herum.«

Die Tür für das ausgebaute halbe Dachgeschoss war unbeschädigt. Allerdings klebte auf der Spalte zwischen Tür und Rahmen ein Siegel der Police Bern. Müller schlitzte es mit seinem Armee-Taschenmesser auf, ohne mit der Wimper zu zucken. Dann reichte ein gezielter Eingriff mit der Ahle, damit das alte Türschloss nachgab. Sie traten durch eine schmucklose Diele mit einem Garderobeständer in einen Raum, der bei anderen Menschen als Wohnzimmer gedient hätte, denn auf der Südseite befand sich ein schmaler Balkon.

»Jetzt muss es schnell gehen«, sagte der Detektiv, als sie in der karg eingerichteten Wohnung standen. Offenbar hatte Hess neben der Balkontür geschlafen, denn dort stand ein Bettsofa, über dem eine verblasste Reproduktion von Gustav Klimts ›Kuss‹ hing. Ansonsten befand sich nur noch ein Ohrensessel im Raum, ihm gegenüber an der Wand neben der Eingangstür hing als Kontrast ein moderner Flachbildschirm.

»Wonach suchen wir?«, wollte Nicole wissen.

»Wenn ich das nur so genau wüsste«, brummte der Detektiv. Er schaute sich um. Die Türen standen offen. Rechts ging es in die Küche, auf der anderen Seite in einen Arbeitsraum.

»Du links, ich rechts«, befahl Müller.

In der Küche hatte sich Hess offenbar selten aufgehalten, die Schränke bargen zwar etwas Geschirr und Restbestände von Reis und Teigwaren, der Kühlschrank hingegen war bis auf ein paar Flaschen Süßgetränke leer. Auch das Bad, das sich in der Verlängerung der Küche befand, schien nicht oft gebraucht worden zu sein. Eher ein Fluchtort als ein wohnliches Zuhause, dachte Müller und begab sich auf die andere Seite zu Nicole Himmel.

»Was hast du gefunden?«, fragte er.

»Nur einen Tischcomputer. Leider keinen Laptop. Den PC können wir nicht mitnehmen, das fällt auf. Ich schau mal, ob ich ihn starten kann.«

Sie machte sich am Gerät zu schaffen. Überall lagen Bücher und Fotokopien herum. Schriften zu Geheimgesellschaften, Sekten, Ketzern und ähnlichen Themen.

»Hess kennt sich aus in diesem Sumpf der Verschwörungsmythen. Kommst du in den PC rein?«

»Ja, erstaunlicherweise hat er ihn nicht gesichert.«

»Dann wird auch nichts Wichtiges oder Gefährliches drauf sein. Kannst du eine Kopie ziehen?«

»Eine Kopie des gesamten Inhalts? So viel hat auf meinem Stick nicht Platz. Worauf soll ich mich konzentrieren?«

»E-Mail-Ordner, Browser-Verlauf der letzten paar Wochen. Gibt es einen Dokumentenordner mit Texten?«

»Zwei oder drei.«

»Also die auch, wenn noch genug Platz ist«, sagte Müller.

Während sie auf den Download der Daten warteten, wies Nicole auf die Wand oberhalb des Schreibtischs.

»Hess hat gesammelt«, meinte sie, »offenbar ein Kunstliebhaber.«

Es waren großformatige Fotos von mittelalterlichen Städten und Burgen. Mittendrin prangte der Tausendblumenteppich, das Prunkstück der Burgunderbeute.

Müller sagte zögerlich: »Für mich sieht das eher wie Tatortfotos auf einem Polizeirevier aus. In der Mitte das Corpus Delicti, daneben die Bilder der Verdächtigen.«

»Murten erkenne ich«, sagte Nicole und deutete auf das Foto rechts. »Das da drüben ist das Schloss Grandson, da war ich als Kind einmal. Aber das dritte, über dem Teppich?«

»Das muss das Schlachtfeld von Nancy sein«, erwiderte er, »der mäandernde Fluss heißt Meurthe.«

»Hess hat sich also intensiv mit den Burgunderkriegen befasst«, folgerte Nicole, bevor sie den Stick behändigte, auf den die Daten übertragen waren.

»Und jetzt nichts wie weg«, mahnte Müller, »die Bodenbretter knarren einfach zu laut.«

Die Auswertung der Dateien brauchte einige Stunden Zeit, brachte aber keine neuen Erkenntnisse, die über das hinausgingen, was die Wohnung bereits preisgab.

»Da sind wir wohl umsonst eingebrochen«, bemerkte Nicole.

»Immerhin bekommen wir ein genaueres Bild von Alessandro Hess. Möglicherweise finden wir später in den Dokumenten Hinweise, nach denen wir jetzt noch gar nicht suchen können.«

»Jedenfalls hat er sich für die alten Eidgenossen interessiert. Hör dir das an, es ist ein Text aus Pamphilus Gengenbachs moralischem Fasnachtsspiel ›Der Nollhart‹, wo er für einen fragenden Eidgenossen ein paar klare Worte findet:

›Also bisshar ein eydtgnoschafft*
Hat gfüert so ein ehrlichen stand
Das ir lob gieng durch alle land
Das sie waeren fromm byderb leüt
Es hat ouch kein fürst yn langer zeit
Gegen yn kein syg ye moegen han
...
Karle von Burgund mocht auch nit bliben

Antwort:
So nim von mir hie ein verstand

*Übersetzung auf Seite 202

Saechs ding zerstoeren alle land.
Das ist hoffart / Unghorsamkeit
Dar zuo nyd und lychtfertigkeit
Verzwyfflung und auch gydt
Zerstoeren gar vyl land und lüt.‹«

DONNERSTAG, 19.9.2013

Heinrich Müller spürte, wie die Spitze eines Katzenschwanzes seine Haut kitzelte, wie Mathilda damit Zentimeter für Zentimeter die Lage seines Körpers abtastete und wie sie ihn schließlich sanft um seinen Oberarm wickelte.

Müller erwachte langsam und sog andächtig den Duft frischen Kaffees in seine Nase, der aus der Küche zu ihm durchdrang. Er hatte vergessen, dass Nicole heute Morgen vorbeikommen und ihm jemanden vorstellen wollte, der sich mit Computern exzellent auskannte. Rasch drückte er sich durch den Gang ins Bad und stand nach einer erfrischenden Dusche wieder im Schlafzimmer, um sich anzuziehen.

Aus der offenen Tür sah er Luna, die Nachbarstigerkatze, eben aus der Küche flüchten, wo sie sich wieder mal illegal verpflegt hatte. Die Kurven in der Wohnung waren eng, die Krallen fanden keinen Halt im Laminat, und Luna steuerte mit quietschenden Geräuschen schleudernd um die Ecke. So mussten die Comic-Katzen entstanden sein, die in der Luft ruderten, dachte der Detektiv.

Dann endlich trat er in die Küche, wo zwei Frauen am Frühstückstisch saßen. Die schlaksige junge gegenüber Nicole trug ausgebleichte Jeans, ein Universitäts-Sweatshirt in Türkis und eine weiße Fleece-Jacke mit Kunstpelzbesatz an der Kapuze. Ihr lockiges braunes Haar mit blonden Mèches hatte sie streng zurückgekämmt und mit einem schwarzen Band im Nacken fixiert. Ihr klar konturiertes helles Gesicht dominierten breite, blasse Lippen, die ein Paar kräftige Schneidezähne nur knapp verbargen. Eine schmale, schwarze Brille setzte einen weiteren Akzent. Sie verstärkte den stechenden Blick aus stahlblauen Pupillen. Drei Brillanten im linken Ohrläppchen blitzten um die Wette.

»Ich bin die Informatikerin«, sagte sie mit glockenheller Stimme und reichte Heinrich die Hand.

»Ich bin der Detektiv«, entgegnete Müller. »Nicole hat Sie bereits informiert?«

»Michelle Broccard«, sagte die Informatikerin kleinlaut. »Ja, aber im späten Mittelalter gab es noch keine Computer.«

»Heutzutage ist vieles digitalisiert«, erwiderte Nicole.

»Im Internet findet man Text und Bild«, erwiderte Heinrich. »Aber wir brauchen originale Dokumente! Erst da erkennst du Farbe, Textur und andere dreidimensionale Hinweise. Zum Beispiel Löcher.«

»Löcher?«, fragte Michelle.

»Lücken sagen oft mehr aus als Vorhandenes. Manchmal sind sie sogar Passformen für einen Schlüssel.«

»Das stimmt. Ganze Buchbestände sind online«, sagte die Informatikerin. »Man kann vergleichen, Muster suchen, Spuren finden und Geheimnisse aufdecken.«

»Wir«, erklärte Heinrich, »beschäftigen uns hauptsächlich mit Karl dem Kühnen und dem Orden vom Goldenen Vlies.«

Michelle staunte. »Jetzt haben Sie mich abgehängt. Was hat dieser Orden mit dem burgundischen Herzog zu tun?«

»Philipp der Gute, Herzog von Burgund, hat den Ritterorden vom Goldenen Vlies am 10. Januar 1430 den achtbarsten Adligen seiner Ländereien gestiftet. Der Grund war seine Vermählung mit Isabella von Portugal. Das waren die Eltern von Karl dem Kühnen. Er selber war als Großmeister des Ordens Nachfolger seines Vaters, von 1467 an fast zehn Jahre lang bis zu seinem Tod. Dann blieb der Orden über ein Jahr lang ohne Meister, bevor Maximilian I. diese Rolle übernahm, gefolgt von einer Reihe von römisch-deutschen Kaisern und Königen von Spanien und Portugal. Im Jahr 1700 spaltete sich die Großmeisterwürde auf die beiden Linien Spanien und Habsburg.«

»Und wer ist heute der Chef?«, fragte die Informatikerin.

»Auf der einen Seite Juan Carlos I., König von Spanien. Auf der anderen Karl Habsburg-Lothringen, ehemaliger Abgeordneter im Europaparlament für die konservative ÖVP.«

»Mit denen legen wir uns an?«, hakte Michelle nach.

»Wenn es sein muss …«

»Dann bin ich dabei«, freute sie sich und blitzte mit den Zähnen.

Heinrich trat an die Spüle und kam mit drei saftigen Williams-Birnen an den Tisch zurück.

»Obst?«, fragte Michelle Broccard zweifelnd.

»Na ja, wir können schlecht am frühen Morgen mit Wein anstoßen«, antwortete Müller.

»Wieso sollten wir anstoßen, wir haben doch noch gar nichts erreicht«, meinte Nicole.

»Um das Du zu besiegeln, denn wenn ich mit der energischen jungen Dame hier arbeiten soll, werde ich sie kaum Frau Broccard nennen. Ich bin Heinrich.«

»Oder Henry, wenn du magst«, ergänzte Nicole augenzwinkernd.

Schließlich begaben sie sich ins Büro zum Computer.

»Da…mit soll ich arbeiten?«, fragte Michelle entsetzt. »Da kann ich mich genauso gut in eine Bibliothek setzen und Bücher durchblättern.«

»Wir sind gerade finanziell nicht in der Lage, den neusten Cray einzukaufen«, sagte Nicole.

»Na ja«, sagte Michelle großzügig, »der neue Mac wird's tun. Ich besorge euch einen zum Spezialpreis.«

Damit war auch die Frage nach der Technik geregelt.

Nachdem Müller ihr die Geschichte mit den Burgunderkriegen auseinandergesetzt hatte, ging es an die erste Aufgabe.

»Nach meinen Informationen suchen wir einen unbestimmten Gegenstand, den Karl der Kühne auf seiner Flucht nach der Schlacht von Grandson zurückgelassen hat. Dieses Objekt mag von Bedeutung sein oder auch nicht, darüber haben sich die Quellen ziemlich vage geäußert. Nach der Schlacht verbrachte Karl der Kühne das Frühjahr 1476 in Lausanne, wo er seine versprengten Truppen neu sammelte und für den Feldzug gegen die Berner vorbereitete, der in der Belagerung von Murten geendet hat.«

»Wir müssen also irgendwo zwischen Grandson, Lausanne und Murten suchen? Hauptsächlich im Kanton Waadt«, erkannte Michelle. »Wie ihr schon bemerkt habt, trage ich einen französischen Namen. Meine Familie kommt aus Moudon, diese Region ist mein Stammgebiet. Ihr könnt euch auf mich verlassen!«

»Ein paar Orte können wir ausschließen«, sagte der Detektiv. Er legte eine Karte der Gegend über all die anderen Dokumente auf den Tisch und fuhr weiter: »Die 20.000 Mann sind ziemlich unkoordiniert geflüchtet und haben wohl ein paar Wochen lang Bauern und Dörfer der Gegend belästigt. Von den Eidgenossen wurden sie ja nicht verfolgt. Die Leute konnten jedoch nur mitnehmen, was sie bei sich trugen, schwere Waffen, Zelte, Teppiche, Dekorationsgegenstände mussten sie zurücklassen, selbst die Lagerdirnen überließen sie ihrem Schicksal.«

»Fangen wir an. Yverdon?«, fragte Michelle.

»Nehmen wir an, die Schlacht ist am 2. März 1476 am frühen Nachmittag zu Ende, die Flucht beginnt. Eine Zeit lang verfolgen die Eidgenossen die Burgunder noch, da sie aber nur wenige Pferde besitzen, geben sie rasch auf. Außerdem wird es bald dunkel. Die Straßen sind nicht wirklich ausgebaut. Die Schweizer kehren also um, um zu plündern. Die Fußtruppen Karls des Kühnen dürften es bis Yverdon in einer knappen Stunde schaffen, sind also noch in Gefahr, von nachrückenden Eidgenossen angegriffen und verfolgt zu werden. Zu wenig Zeit, kein sicherer Platz.«

»Die Landsknechte machen sich also auf, um über Nacht an einen geschützten Ort zu gelangen, sich in den Wäldern der Umgebung zu verstecken«, ergänzte Nicole.

»Die Söldner hingegen schauen, dass sie in ihre Heimat kommen, denn nach der verlorenen Schlacht ist kaum Sold zu erwarten.«

Michelle schloss: »Karl der Kühne aber will den Schatz möglichst schnell verstecken, falls er doch noch attackiert wird, also wartet er nicht bis Lausanne.«

»Er predigt zwar dort an Ostern in der Kathedrale. Lausanne ist jedoch Bischofssitz, also ein Zentrum der päpstlichen Kirche.«

»Nicht unbedingt ein Vertrauensort für die Geheime Loge vom Goldenen Vlies und ihr etwas vertracktes Christentum«, sagte Nicole.

Und die Informatikerin meinte: »Außerdem als Stadt zu lebendig, man ist nie ohne Aufsicht. Wie soll man also auf unbekanntem Terrain ein sicheres Versteck suchen?«

Nicole fragte: »Und wenn es in einem Bürgerhaus lag?«

Müller schüttelte den Kopf. »Unwahrscheinlich. Ein Herzog versteckt seinen Schatz nicht bei Untergebenen oder bei Verbündeten wie den Savoyern, den wahren Herren der Stadt. Karl der Kühne mag auch an den Brand von Bern gedacht haben, als 1405 alles in Schutt und Asche lag.«

»Er sucht also ein Gebäude aus Stein«, meinte Michelle, »das die nächsten Jahre oder sogar die folgenden Jahrhunderte überdauert.«

»Ja, wenn wir heute noch etwas finden sollen. Aber zumindest ein paar feindlichen Attacken müsste es standhalten.«

»Burgen, Schlösser, Kirchen und Klöster.«

»Genau«, sagte Heinrich. »Leicht versteckt, aber gut zu erreichen. Und einen Halbtagesritt von Grandson entfernt. Das grenzt unsere Suche etwas ein.«

Michelle zeigte auf die Karte. »Da kommen Champvent, Orbe oder La Sarraz infrage.«

Nicole ergänzte: »Und Romainmôtier, da hinten im Tal des Nozon, eine alte Cluniazenserabtei.«

»Man darf nicht vergessen: Die Wege waren sehr schlecht gebaut, wo Wald wuchs, gab es kaum ein Durchkommen, schon gar nicht in einem Tal mit einem nicht gebändigten Fluss. Je abgelegener, desto sicherer, aber auch desto schwerer zugänglich. Wurzelstöcke, Dorngebüsch und Sumpf behinderten das Fortkommen. Und wenn man endlich mal im Gehölz drin war, wimmelte es von Ungeheuern, Dämonen, Wilden Leuten, Bären, Wölfen und Drachen, Gespenstern, Feen und Kobolden.«

»Es gibt also kein besseres Versteck als eine abgelegene Einsiedelei«, schloss Nicole. »Beginnen wir in Orbe. Eine gute Stunde von hier mit dem Auto. Morgen fahren wir hin!«

FREITAG, 20.9.2013

Michelle Broccard nahm neben Heinrich Müller auf dem Vordersitz seines neuen anthrazitgrauen Opel Astra Platz, als ob sie schon immer zum Team gehört hätte. Sie schob gleich eine CD in den Player, die sie aus ihrem Umhängetäschchen genestelt hatte.

Ein sanftes, eher dumpfes Klavier begleitete die warme, verletzliche Stimme einer Frau. Nachdem der Turboantrieb die ersten Akkorde übertönt hatte, kreischten die beiden Begleiterinnen den Refrain lautstark mit: »Goodbye my almost lover, goodbye my hopeless dream … So long my luckless romance, my back is turned on you …«

Heinrich Müller fühlte sich wie der Animateur in einer Karaoke-Bar. »Wollt ihr bei ›The Voice of Switzerland‹ teilnehmen?«, fragte er in den Lärm hinein.

»Kennst du nicht?«, fragte Michelle.

»Höre ich zum ersten Mal.«

»Wir katapultieren dich musiktechnisch ins 21. Jahrhundert«, erklärte Nicole von hinten. »Das nennt sich ›A Fine Frenzy‹, die Sängerin und Pianistin Alison Sudol aus Seattle hat sich nach einer Zeile aus Shakespeares ›Sommernachtstraum‹ benannt.«

Müller brummte. Ihm war der Sound der Sechziger und Siebziger lieber, Zeug, das ein bisschen rauer daherkam. Aber ein Sommertagstraum war es immerhin, im warmen Licht des Spätherbsts durch die hügelige Landschaft zwischen Bern und Yverdon zu fahren, auch wenn dieser Autobahnabschnitt übermäßig viele Tunnel aufwies. Dazwischen blitzte der Neuenburgersee in der Tiefe, auf den Juragipfeln lag der erste Schnee wie Puderzucker.

Sie parkten irgendwo am westlichen Rand von Orbe. Die Straßen waren seltsam leer, als ob die Stadt ausgestorben wäre. Der gelbe Jurasandstein leuchtete matt in der Sonne, und an fast jedem Gebäude prangte eine hässliche Werbeleuchttafel, als ob die wenigen Geschäfte entlang der schmalen Gassen sonst übersehen würden. Nähmaschinen, ein Schuhmacher, das ›Hôtel des Deux Poissons; Maison de Ville‹ mit seiner rot bemalten Platte an einer verrosteten Gusseisenaufhängung, davor ein Verkehrsspiegel, der unübersichtliche Verhältnisse aufklären sollte. In einem roten Haus stand bei Coiffeur Jean-Michel eine graue Buddhastatue im Schaufenster, Bambusstäbe hingen von einer Schnur, vielleicht hatte der Haarschneider auch bereits seine Dienste aus Mangel an Kundschaft aufgegeben. Bunte Fassaden und Fensterläden versuchten über eine gewisse Trostlosigkeit hinwegzutäuschen.

»Ich glaube, es ist ein Feiertag«, sagte Nicole, »ich weiß bloß nicht welcher.«

Hinter der Ecke stellte sich heraus, dass das relativ frisch herausgeputzte Deux Poissons nun eine American Bar, ein Country Club war, das Café National gegenüber machte derzeit Ferien. Die Druckerei des wöchentlich erscheinenden ›Feuille d'Avis d'Orbe‹ war als solche nur noch als Fassade präsent, die Zeitung bereits nach Yverdon abgewandert und in einen größeren Verbund integriert, die Papeterie immerhin hatte noch Bestand.

Man näherte sich dem Stadtzentrum. Das kleine Museum: geschlossen. Leere Schaufenster mit Plakaten zugeklebt, Fahnen der Schweiz, des Kantons Waadt und von Orbe (und hier waren sie wieder, die beiden Fische) wehten über dem zentralen Platz, auf dem sich ganze Familien offenbar beim Festtagsessen oder beim vorgängigen Apéro verlustierten. Einzig der Bestatter durchbrach diese leise Trostlosigkeit mit einer leuchtendblau gestrichenen Geschäftsfassade und lockte mit einem Lotterieschild, auf dem stand, dass sich die Spieler eines Chinarestaurants vor zwei Jahren eine größere Gewinnsumme geteilt hatten.

»Wenn das nicht Optimismus ist, was dann?«, fragte Michelle.

Sie hatte sich unterwegs beim geschlossenen Tourismusbüro aus einem Außenständer einen Prospekt geschnappt und referierte.

»Die Brunnenfigur vor dem Rathaus, ein Bannerträger, steht erst seit 1543 hier. Rechts geht's zur Kirche Notre-Dame, die anstelle der früheren Stadtkirche gebaut wurde, die 1407 einem Brand zum Opfer fiel.«

Es ging leicht aufwärts gegen den Rundturm zu, letzter Rest des von den Bernern 1475 niedergebrannten Schlosses. Dann standen die drei vor der grau verputzten Fassade der spätgotischen Kirche, die wie irgendeines der vielen Häuser mitten in der Gasse stand. Nur ein schmaler Platz ließ Raum für die Gläubigen, die vor vier Treppenstufen standen und einem romanischen Portal mit einer schmucklosen Holztür und einem Giebelfeld, das keine Figuren enthielt, sondern eine verblasste Malerei und einen religiösen Spruch aus späteren Jahren. Oberhalb, leicht nach links versetzt, ein gotisches Spitzbogenfenster mit Glasmalerei.

Wie Diebe warteten Nicole, Michelle und Heinrich ab, bis eine letzte Passantin vorbeigeschlendert war, dann schlichen sie ins Innere der Kirche. Es empfing sie ein düsterer Raum, den nur im vordersten Teil einige Lichtstrahlen aus den Fenstern der Apsis erhellten.

»Hast du die Taschenlampe dabei?«, fragte Heinrich.

Nicole nickte. Sie ließ die Leuchte aufblitzen. Dabei kamen sie sich vor wie Entdecker in der Höhle von Lascaux.

Der Lichtstrahl erhellte einen Kreis, wo immer er hinfiel. Rechterhand sahen sie ein barockes Denkmal mit steinernem Blumendekor und einem Memento-mori-Totenschädel, daneben einen aufgestellten Grabdeckel aus rötlichem Sandstein mit Kupferplatten in Grünspan, ein Zeichen dafür, dass die gotische Kirche mehrmals umgebaut oder neu gestaltet worden war.

Auf den Putz gemalte Mauersteine flankierten die drei beidseits. Von den Säulenkapitellen blickten Figuren aus einem surrealen Universum auf sie herunter: der grüne Mönch mit dem Dreifachgesicht, eine liegende Nonne mit aufgeschlagener Soutane, zwei bärtige Kerle mit bunten Wämsern, die um ein eingerolltes Schriftstück kämpften.

Als das Licht auf die Decke fiel, erstarrte Nicole. »Dort oben!« Sie streckte den Finger in die Richtung einer Figur im Schlussstein des Kreuzbogengewölbes. Ein Mann (oder war es eine Frau? Die anatomischen Details waren nicht klar ausgeprägt) in einem blauen Stern hatte seinen Hintern entblößt, spreizte mit den Händen seine Backen und ließ seinen Darmausgang sehen.

Michelle, erst verblüfft, lachte laut los. »Und das in einer Kirche!«

Man hatte sich offenbar die Mühe gemacht, die Person zu bemalen und ihren Hintern ausgiebig zu betasten, wie immer die Leute auch die Höhe des Gewölbes gemeistert hatten.

Heinrich blieb stumm und betrachtete die Figur genau, dann gab er Anweisungen: »Stell dich exakt darunter!«

»Damit sie mir auf den Kopf scheißt?«, protestierte Nicole.

»Ein bisschen leiser!«, sagte Müller. »Keine unnötige Aufmerksamkeit. Wir haben etwas zu erledigen.«

Nicole platzierte sich, wie Heinrich dirigierte.

»Etwas wacklig hier«, stellte sie fest, trat zur Seite und kniete sich hin.

»Den kleinen Meißel bitte!«

Michelle gab ihr das Werkzeug.

Nicole schob es in die Spalte zwischen zwei Bodenplatten und hob eine locker sitzende ein paar Zentimeter, sodass Heinrich sie zu fassen kriegte. Er schob sie auf die daneben liegende Platte.

»Ein Hohlraum«, sagte Nicole. »Von einem alten Steindeckel geschützt. Ziehen wir mal am eisernen Ring.«

Der aber gab seinem Alter nach und zerbrach in ihrer Hand. Also stemmte sie auch diesen Stein mit dem Meißel auf.

»Was ist drin?«, fragte Müller atemlos.

»Keine Ahnung. Es ist unansehnlich und staubig.«

»Nimm es raus, und dann nichts wie weg hier«, kommentierte Heinrich.

»Gilt das nicht als Kirchenschändung?«, erkundigte

sich Michelle, denn sie wollte keinesfalls das kulturelle Erbe ihrer Heimat zerstören.

»Deckel und Bodenplatte wieder drauf«, erklärte Müller, »dann merkt es keiner. Falls es nicht das ist, was wir brauchen, können wir es ja wieder zurücklegen.«

Nicole steckte den Fund in ihren Rucksack, dann verließen sie den dunklen Raum schneller, als sie gekommen waren.

Heinrich Müller steuerte den Wagen nach Yverdon. Er konnte seine Ungeduld nicht zähmen und wollte wissen, was sie gefunden hatten. Etwas außerhalb der Stadt Richtung Strandbad kannte er einen ruhigen Platz: die Megalithsteine von Clendy. Nachdem er geparkt hatte, lenkte er Nicole und Michelle durch den Wald auf die Lichtung im Sumpf, wo auf einer feuchten Wiese 45 Menhire in mehreren Reihen einen nicht mehr zu entschlüsselnden prähistorischen Code generierten. Einige Exemplare waren übergroß, andere folgten ihnen wie Kinder, an dritten erkannte man die menschliche Figur.

»Die Originale stehen im Museum«, erklärte Heinrich. »Der Ort soll uns inspirieren. Dort ist eine Bank. Setzen wir uns.«

Wie Hühner auf der Stange setzten sich die drei auf die vordere Kante.

»Nun pack schon aus!«, befahl Michelle.

Nicole ließ sich nicht lange bitten und legte die staubige Hülle zwischen sich und den Detektiv.

»Mit Stoff umwickelt«, stellte der fest. Sorgfältig löste er das brüchige Gewebe und schlug es auf. Darin lag ein in nachgedunkeltes Leder mit schwarz oxidierten Metallschließen eingefasstes Pergament.

»Ein Buch«, stellte Michelle mit leiser Enttäuschung fest.

»Das ist so gut wie ein mittelalterlicher Computer«, brummte Müller. »Mit etwas Glück wird es uns sagen, was wir wissen wollen.«

Vorsichtig öffnete er den Deckel und blätterte ein paar Seiten um. Vor ihm lag ein illustriertes Manuskript mit geschwärzten Seiten.

»Ziemlich nachgedunkelt«, stellte Michelle fest.

»Das kommt nicht vom Alter. Das Pergament ist geschwärzt. Siehst du?« Er blätterte weiter. Im hinteren Teil behielten die Seiten ihre helle ledrige Farbe.

»Man erkennt es auch an den Illustrationen«, ergänzte Nicole. »Eine so reich bebilderte Handschrift habe ich noch nie in den Händen gehalten. Wenn ich mich nicht täusche, ist das ein Gebet- oder ein Stundenbuch.«

»Wie die ›Très riches Heures du Duc de Berry‹?«, fragte Müller.

»Ja. Aber dort werden die Jahreszeiten abgebildet, hier erkenne ich auf den ersten Blick biblische Szenen,

Heilige und eine ganze Menge Ast- und Laubwerk sowie Drolerien außerhalb des Textkörpers.«

»Wertvoll?«, wollte Michelle wissen.

»Du meinst, ob man ein Unikat des Mittelalters in dieser hervorragenden Qualität kaufen könnte? Nicht mit allem Geld der Welt.«

Eine ehrfürchtige Stille erfasste die drei.

»Wir brauchen einen verschwiegenen Historiker«, sagte Müller, nun wieder ganz Detektiv. Dann wickelte er das Buch erneut in den Stoff ein und steckte es zurück in Nicoles Rucksack.

»Ich glaube, ich weiß, wen wir fragen können«, erklärte Nicole. »Ich habe beim Ethnologiestudium mal einen kennengelernt, den ich als zuverlässig einstufe.«

»Du wolltest doch keine Aufmerksamkeit erregen«, bemerkte Nicole, »also fahr nicht so schnell. Du brauchst kein Beweisfoto als Alibi. Ganz im Gegenteil.«

Heinrich nahm den nervösen Fuß vom Gas und stellte den Tempomat auf 120. Zuerst blieben alle still, aber die Erregung war spürbar.

Dann räusperte sich Michelle. »Wir haben also gefunden, was wir gesucht haben«, stellte sie fest, und eine leise Enttäuschung war spürbar. »Braucht ihr mich noch?«

Heinrich schüttelte den Kopf, sagte jedoch: »Jetzt fängt alles erst an. Zwar mag das Buch wertvoll sein. Wahrscheinlich lässt es sich auch verkaufen, weil es bis jetzt nicht auf dem Markt war und niemand von seiner Existenz mehr weiß. Allerdings wird man seine Herkunft klären und dokumentieren müssen. Schwierig.«

»Wir müssen es zuerst entziffern, um zu sehen, ob eine Botschaft, die dein Auftraggeber sucht, überhaupt darin vorkommt. Vielleicht sucht er ja nur das Buch selber, wenn man damit einen Haufen Kohle machen kann.«

»Ein Code! Meine Leidenschaft!«, jubelte Michelle. »Ich bin wieder am Zug.«

Als sie im *Schwarzen Kater* ankamen, erwartete sie eine Überraschung.

»Hast du die Tür offen gelassen, damit die Katzen raus können?«, fragte Nicole, als sie vor dem Eingang standen.

»Bestimmt nicht«, erwiderte Müller. »Die haben ihre eigene Klappe auf die Pergola hinaus.«

»Dann war jemand drin«, stellte Michelle fest.

»Bleibt hier«, sagte Müller, in dem die Instinkte aus seiner Polizistenzeit erwachten. »Wenn jemand aus dem Haus kommt, ruft ihr die Polizei.«

»Freund und Helfer retten Detektiv«, frotzelte Nicole. »Schlagzeile im ›Blick‹.«

Bald kam Müller wieder runter.

»Gib mir einen Mirabellenschnaps«, sagte er zu Nicole, die hinter der Bar stand.

»Wie sieht es aus?«, fragte sie.

»Alles durchwühlt, eine fürchterliche Unordnung. Der Computer läuft, wahrscheinlich hat jemand eine Kopie der Daten gezogen.«

»Dein Auftraggeber ist aber sehr ungeduldig«, stellte Michelle fest.

»Oder es sind noch andere Mitspieler an Bord«, sagte Nicole.

»Beunruhigend, wenn man nicht weiß, worauf oder auf wen man achten soll«, ergänzte Heinrich. »Das Stundenbuch muss jedenfalls immer unter Aufsicht stehen.«

»Waren die Daten aus dem PC von Alessandro Hess bereits auf deinem Gerät?«, fragte Nicole.

»Nein. Sie sind immer noch auf dem Stick. Zum Glück, denn wenn die Einbrecher darauf aus waren, sind sie ins Leere gelaufen.«

»Dann müssen wir uns eine Übersicht schaffen, sobald der Historiker den heutigen Fund begutachtet hat und wir die Daten vergleichen können.«

SONNTAG, 22.9.2013

Baron Biber saß auf dem Fenstersims oberhalb des Heizkörpers und ließ die aufsteigende warme Luft durch sein Fell gleiten. Im Garten streunte ein schwarz-getigerter Kater, läppelte Wasser aus dem Vogelbad. Sein liebster Feind. Die beiden Kater waren etwa gleich alt. Sie waren die einzigen Überlebenden einer größeren Bande. Sie waren einsam. Sie mochten einander nicht, aber alle anderen waren jünger und kräftiger und nahmen wenig Rücksicht auf ältere Moudi*.

So schleppte denn der gedrungene Widersacher seinen schweren Bauch durch die Sträucher in der Hoffnung, Baron Biber wiederzutreffen. Der enttäuschte ihn nicht und schlich sich in den Garten. Aus sicherer Distanz begann er mit Vorbereitungsgeräuschen für einen Kampf. Die blieben nicht unbeantwortet. Wie in jungen Jahren wollte keiner seinen einmal eroberten Platz preisgeben. Baron Biber ging auf Kopfdistanz, die Lautstärke steigerte sich zu einem gedehnten Klagen, das die Katzendame Mathilda, die alles beobachtete, jedoch unbeeindruckt ließ.

---

* Berndeutsch für: Kater

Zwei Minuten standen sich die alten Herren gegenüber, unbeweglich. Dann setzte sich Baron Biber auf die Hinterpfoten, ohne seinen Feind aus den Augen zu lassen. Der wollte sich nicht geschlagen geben, auch wenn ein naher Beobachter gesehen hätte, wie seine Hinterschenkel unter der Anspannung nun leicht zu zittern begannen, sich immer stärker bewegten, bis man Angst kriegte, er könnte umkippen, noch bevor entschieden war, wer den Platz behauptete. Schließlich setzte Baron Biber zurück, einer Schlange gleich entfernte er sich Schritt für Schritt, den Gegner hinter sich lassend, sodass auch dieser alte Kerl in Würde abtreten konnte. Vielleicht hatten sie sich für morgen bereits wieder verabredet?

Man hätte dem adretten Historiker beinahe alles zugetraut, mit Ausnahme der Arbeit in staubtrockenen Archiven und Bibliothekslesesälen. Sein Blick irrte von einer Ecke des Zimmers zur anderen, ohne dabei sein Gegenüber zu streifen. Wenn er es doch tat, verunsicherte er durch seine starren Pupillen. Er besaß einen eher gedrungenen Körperbau, eine vom langen Sitzen gestählte Beckenmuskulatur, kräftige Arme vom Heben der Folianten und bleischwarze Finger vom Umblättern alter Buchseiten. Außerdem war er seit mehreren Tagen nicht rasiert, was jedoch nicht auf seine Arbeit zurückzuführen sein durfte.

»Das ist unser Mann«, flüsterte Nicole. »Er wirkt seriös.«

Heinrich runzelte die Stirn, gab aber keinen Kommentar ab.

»Beat Jenzer«, flüsterte der Kerl, als ob er mit erhobener Stimme einen staubtrockenen Bücherturm zum Einsturz brächte.

Nicole reichte ihm erfreut die Hand. »Schön, dich wieder einmal zu treffen«, sagte sie. »Ich habe dir ja am Telefon bereits gesagt, worum es sich handelt.«

»Ich soll ein altes Buch begutachten«, stellte er fest.

Müller zog die Luft ein. Dann holte er das eingewickelte Kunstwerk aus seinem Versteck unter dem Tresen, wo es hinter ein paar Flaschen Absinthe seinen Platz gefunden hatte.

»Da!«

Jenzer setzte sich an einen Tisch in der Ecke des Lokals. Er zog weiße Baumwollhandschuhe über und blätterte sorgfältig Seite für Seite um. Nach beinahe unendlich scheinenden 20 Minuten tauchte sein Kopf wieder im Raum auf.

»Das war nur ein schneller erster Überblick«, sagte er entschuldigend. »Ich werde es genauer untersuchen müssen, um schlüssige Resultate zu liefern.«

»Erinnert mich an einen Rechtsmediziner«, brummte Heinrich.

Nicole schaute ihn strafend an.

»Wisst ihr eigentlich, was ihr gefunden habt?«, fragte der Historiker.

Nicole antwortete: »Irgendein Andachtsbuch mit biblischen Gestalten …«

»… und unlesbarem Text, jedenfalls alt. Passt in eine Kirche«, ergänzte der Detektiv.

»Wir haben es aus der Kirche von Orbe«, erklärte Nicole.

»Andachtsbuch ist schon mal goldrichtig«, stellte Jenzer fest.

»Wie alt?«, fragte Nicole.

»Spätes 15. Jahrhundert.«

Müller brummte: »Unlesbarer Text, sage ich ja.«

Jenzer gab zurück: »Wartet ab. Ich finde den Text eher uninteressant.«

»Jetzt sag schon!«, schaltete sich Nicole ein.

Der Historiker leckte sich die Lippen. »Ich muss es noch verifizieren, aber ich glaube, ihr habt das verschollene schwarze Stundenbuch von Karl dem Kühnen gefunden!«

»Scheint bedeutsam zu sein«, gab Müller vor.

»Bedeutsam? Das ist ein Jahrhundertfund!« Jenzer ließ seine Offenbarung einsickern, fuhr dann weiter: »Aus schriftlichen Quellen ist bekannt, dass es existiert hat. Aber man glaubte es verschollen, als Teil der Burgunderbeute vernichtet, vielleicht zerschnitten und in

Einzelblättern in alle Winde verstreut. Aber ihr habt es entdeckt.«

»Schwarzes Stundenbuch?«, wunderte sich Nicole.

»Ein Stundenbuch ist ein Andachts- und Gebetsbrevier, oft im Taschenbuchformat, damit es überall mitgetragen werden konnte. Es besteht hauptsächlich aus Texten zur Marienverehrung, aus dem Leben Christi, aus Heiligenlegenden und manchmal Listen von Namenstagen der Heiligen. Gebete und ein Totengedenken gehörten oft dazu, aber auch ein Kalendarium. Normalerweise ist ein Stundenbuch mit schwarzer Farbe auf helles Pergament geschrieben. Es gibt auch ein Andachtsbuch der Maria von Burgund, Karls Tochter, bei dem die ersten 30 Seiten schwarz grundiert sind und die Schrift weiß überhöht ist. Hier aber haben wir es mit der aufwändigsten und teuersten Form zu tun, bei der das Pergament schwarz eingefärbt worden ist. Davon existiert meines Wissens nur ein einziges weiteres Exemplar.«

Müller stellte fest: »Ein Sammlerstück.«

»Den Marktwert kann man kaum beziffern. Es ist wie die Mona Lisa ein Unikat von Weltbedeutung.«

Nicole schloss: »Also genug, um dafür zu töten.«

»Ja«, sagte der Historiker. »Dennoch glaube ich nicht, dass dieses Buch der wahre Grund für den Mord ist. Denn noch weiß niemand von seiner Existenz. Es muss etwas anderes, noch Wertvolleres dahinterstecken.«

»Wertvoller als die Mona Lisa?« Müllers Skepsis stand spürbar im Raum. Er schüttelte den Kopf.

»Der materielle Wert deckt nur die eine Seite ab«, meinte Jenzer. »Wenn beispielsweise kirchliche Kreise das Buch an sich nehmen, werden sie es nicht verkaufen, nur damit es in einem neuen Tresor verschwindet. Sie können den Gewinn gar nicht realisieren.«

»Das Buch muss also der Schlüssel für ein noch größeres Geheimnis sein?«, fragte Nicole.

»Genau.«

Müller intervenierte leicht genervt: »Und was bitte soll das sein?«

»Das Testament von Karl dem Kühnen.«

Der Detektiv verwarf die Hände. »Der Mann ist seit über 500 Jahren tot. Was soll das bringen?«

»Wenn man damit beweisen kann«, erklärte der Historiker, »dass bei der Erbfolge nach dem Tode Karls des Kühnen 1477 nicht alles mit rechten Dingen zugegangen ist, könnte es die Machtverteilung in Europa verändern und die heutige Grenzziehung umstürzen.«

»Unsinn!«, polterte Müller. »Kein Mensch wird sich im 21. Jahrhundert nach einem alten Testament richten.«

»Jahrhundertelang hat sich keiner um den Orden vom Goldenen Vlies geschert. Alte Kamellen aus dem Mittelalter, hat man gesagt. Dennoch sind die Leute hier, unter uns«, sagte Nicole.

»Die beiden Großmeister des Ordens sind ein Adliger ohne Land und der König eines Landes, das vor dem finanziellen Ruin steht. Gewichtige Argumente«, sagte Heinrich.

»Dennoch wäre ich nicht so voreilig, ihnen einen Mord in die Schuhe zu schieben«, gab Jenzer zu bedenken. »Das Stundenbuch nützt ihnen nämlich gar nichts.«

»Und wo befindet sich das Testament?«, fragte Müller.

»Falls es überhaupt noch existiert …«, warf Nicole ein.

»Das eben versuche ich herauszufinden. Es muss eine Verbindung geben zwischen dem Stundenbuch und dem letzten Willen des burgundischen Herzogs. Vielleicht wart ihr ganz nah dran.«

»Du willst damit sagen, es liegt ebenfalls in der Kirche von Orbe?«, fragte Nicole nach.

»Das ist nicht gesichert. Es könnte auch ein Ort in der Nähe sein. Es würde sich jedoch lohnen, noch einmal nachzusehen.«

»Wie kommst du darauf?«, bohrte Müller nach.

»Das ist nur ein Bauchgefühl. Jeder wäre, wie wir auch, mit dem Fund des schwarzen Stundenbuchs überglücklich. Man genießt den Triumph des Jägers, schließlich hat man eine wertvolle Beute erlegt. Das lenkt vom Wesentlichen ab.«

Nicole stellte fest: »Das heißt, das Stundenbuch ist so etwas wie ein Lockvogel?«

»In der Art. Möglicherweise gibt es uns einen Hinweis auf den Fundort des Testaments.«

»Glaube ich nicht«, sagte Müller, immer noch skeptisch. »Denn so ein Buch ist äußerst sorgfältig gearbeitet. Ich habe jedenfalls nichts Hingekritzeltes bemerkt. Dann kann es nicht in einem Tag auf der Flucht bearbeitet worden sein.«

Jenzer entgegnete: »Das nicht. Aber es könnte Hinweise auf den Charakter des Herzogs enthalten. Daraus schließen wir auf ein mögliches Versteck. Wahrscheinlich brauchen wir auch noch einen Code zur Entschlüsselung.«

»Es wird immer besser«, seufzte der Detektiv. »Kryptologie aus dem späten Mittelalter!«

»Keine Kryptologie. Aber Kenntnisse der Symbolik. Betrachten wir den Text aus der Nähe«, sagte der Historiker.

Die drei steckten die Köpfe zusammen.

»Schaut genau hin. Was erkennt ihr?«

Nicole erläuterte: »Einen religiösen Text. Das Wort Maria steht am Anfang. Die Initiale M ist wie ein Dach für ein Bild dargestellt. Es zeigt Maria mit dem Jesuskind.«

Müller ergänzte: »Aber um den Text herum ranken sich Blütengirlanden, mittendrin steht ein Lautenspieler auf einem Bein, und am unteren Rand klettert ein Affe einen dornigen Rosenstock hoch. Nicht gerade fromm, dieses Andachtsbuch.«

»Da hast du recht«, erklärte Jenzer. »Es bietet ungeheuer viel Ablenkung. Wenn man es durchblättert, bekommt man den Eindruck eines Comics, dermaßen viele Skizzen von Pflanzen, Blüten, Früchten, Tieren, Fabelwesen, Musikanten und Duellanten sind zu finden.«

»Darin ist aber dieses Stundenbuch keine Ausnahme«, sagte Nicole.

»Nein. Aber ich habe Seite für Seite gesichtet und dabei eine erstaunlich hohe Zahl von Affen gefunden. Affen, die Katzen lausen; Affen mit roten oder blauen Kapuzen; solche mit einer Waage, Affen mit Glocken, einem Krummhorn, einem Hackbrett, einer Orgel oder Trompete; ein Affe, der sich am Hintern kratzt; einer, der aus einer roten, ein anderer, der aus einer blauen Blüte steigt; solche mit Weintrauben; andere mit einem Speer, tanzend, lesend; und schließlich Affen mit Trinkhörnern, die bechern, bis sie besoffen am Boden liegen. Und dann hier: Ein Affe, der den Hintern aufreißt!«

Heinrich staunte. »Wie in der Kirche von Orbe. Der Affe ist dem Menschen so nah! Was bedeutet das alles?«

»Symbol und Bedeutung«, triumphierte Nicole,

»Kerngebiet der Ethnologie. Der Affe war zwar in Europa bekannt, er ist jedoch nicht hier heimisch – wenn man mal von den Affen in Gibraltar absieht, die aber wahrscheinlich irgendjemand aus Marokko eingeführt hat. Er dürfte nicht einmal in königlichen Bestiarien besonders häufig Erwähnung finden. Hingegen ist er seit dem Physiologus, der bedeutenden frühchristlichen Naturlehre aus den ersten Jahrhunderten unserer Zeit, in die Nähe des Teufels gerückt.«

Beat Jenzer nickte. »Da finden wir das chthonische Element, den Hinweis auf die Unterwelt. Seit dem Renaissance-Philosophen Marsilio Ficino gilt die Darstellung eines Tieres als die Verkörperung des Begriffs, den es symbolisiert. Das Bild ist also zugleich seine Bedeutung. Damit kann man es bannen und sich die teuflischen Mächte zunutze machen.«

»Mit dem Bild des Affen sichere ich mir also die Unterstützung des Fürsten der Unterwelt in meinem Kampf und mache mir seine Dämonen zu Diensten?«, fragte Müller. »Ziemlicher Zündstoff für ein Gebetbuch.«

Nicole erklärte: »Vielleicht steckt hierin das Wesen der Natur: dass das Böse in den Dienst des Guten tritt. Die Unterwelt hilft Karl dem Kühnen beim Erreichen seiner Ziele, beim Besiegen seiner Gegner …«

»Oder beim Verstecken seines Testaments.«

»Wir müssen also nur die richtige Hölle finden. Einfacher geht's nicht«, schloss Müller.

Nach einem Augenblick der Verblüffung prusteten alle los.

Die folgende Nacht begann ruhig und ereignislos. Heinrich dachte an das Gespräch vom Nachmittag und zählte die goldenen Sterne am nächtlichen Himmel, den er durch das offene Fenster betrachtete. Als er endlich in einen sanften Schlummer fiel, war ihm leicht schwindlig, das Himmelszelt drehte sich über ihm. Wenn er es nicht besser gewusst hätte, hätte er geschworen, jemand habe seinen Wein mit einer Droge versetzt.

Heinrich fand sich in einer Wunderwelt voller Fabelwesen, einem Bestiarium wilder Tiere wieder. Ein Löwe erhob seine Pranke, sein Fauchen oder eher sein Brüllen klang bedrohlich. Heinrich machte einen Schritt zur Seite und wäre beinahe in ein Einhorn geprallt, das unvermittelt neben einer Horde Wilder Leute aufgetaucht war. Die vollständig behaarten Wesen, denen man das Menschliche erst auf den zweiten Blick zutraute, schwangen Holzkeulen und gaben unartikulierte Laute von sich. Das Einhorn raste in Panik auf eine Jungfrau zu und durchbohrte ihren Schoß. Blut spritzte …

Heinrich schreckte auf und wollte dem Traum

eine andere Richtung geben, denn so stand es nicht geschrieben!

Pfauen und Kraniche, Widder und Stiere schoben sich wie in einem Panoptikum an seiner Stirn vorbei, Krebse, Löwen, Kamele, geflügelte Drachen und Krokodile bevölkerten seinen Traumschlaf, Tauben, Hühner, Eichhörnchen, Hunde, Kröten und Schnecken, Kätzchen, Mäuse und Schweine, und immer wieder diese Affen!

Geflügelte Wesen, halb Mensch, halb Tier, stahlen den wilden Tieren bald einmal die Show. Posaunenbläser, Lautenspieler und gepanzerte Bogenschützen auf einem Löwenkörper, ein Kapuzenmann mit Engelsflügeln, eine Blütenfrau, die einer roten Lilie entstieg, ein Akrobat, der mit drei Sicheln jonglierte, einer, der auf dem Stab einen Teller drehte, ein Hundedompteur mit Schnabelschuhen, eine Ratte predigte einem Hahn, ein blauer Mann ritt auf einem weißen Einhorn, und ein Affe nährte ein Wickelkind mit einem Trinkhorn.

Und immer wieder diese Affen! Als enge Verwandte des Menschen wiesen sie auch seine Züge auf, Gesichter ohne Haare, braune Fellkörper und einen langen Schwanz. Der eine kletterte an Blumenranken empor, der andere trug einen Sack voller Gold weg, der dritte las – auf einer Tulpe sitzend – in einem Stundenbuch, der vierte tanzte, der fünfte riss seinen Hintern auf, der sechste lauste ein Kätzchen, der siebte stieg aus einer roten Blüte, der achte pflückte eine Rose und der neunte aß Weintrauben; eine Äffin spann Wolle, eine ganze Familie war auf der Flucht wie Maria, Josef und das Jesuskind.

Schließlich rotteten sich alle zusammen und gruppierten sich zu einem Orchester. Einer blies sich mit einem Krummhorn die Seele aus dem Leib, der zweite presste einen Dudelsack, der dritte intonierte die Orgel, ein weiterer zerrte an der Leier, wieder einer schlug sachte auf ein Hackbrett ein, einer blies die Trompete, der mit der gelben Kapuze bediente die Zither, ein alter Affe schwang die Handglocken, während eine Wildsau die Harfe zupfte. Mitten unter den Zuhörern – Affenfamilien, Wilde Leute und Fabeltiere – fand sich Heinrich in einer Welt aus Blumenranken, roten Rosen- und blauen Malvenblüten wieder und stopfte sich die dargebotenen Früchte in den Mund: Trauben, Erdbeeren, Brombeeren und Himbeeren, Äpfel und Birnen. Dann schreckte er auf, starrte verblüfft ins nächtliche Dunkel, sank auf sein Bett zurück, wusste noch, dass ihm die Affen etwas Wichtiges mitgeteilt hatten, aber nicht mehr, was es war.

Noch einmal kamen die Affen im Halbschlaf zurück, nahmen Heinrich links und rechts an der Hand, zerrten ihn in ein Gebüsch und wieder hinaus und zeigten auf ein Grabmal. Einer hüpfte darum herum und zeichnete mit raschen Bewegungen eine Kirche in die Luft. Wie ein Kondensstreifen auf blauem Hintergrund blieb das Gebilde einen Moment sichtbar, bevor es sich auflöste. Es war Heinrich, als müsse er es kennen.

MONTAG, 23.9.2013

Bruchstückhaft drangen die Geräusche ins Bewusstsein von Heinrich Müller, wo immer noch musizierende Äffchen ihr Unwesen trieben.

»Steh auf, Schlafmütze! Steh auf!«, vermeinte er zu hören.

Er wunderte sich, dass er Affen so gut verstehen konnte. Aber es war dann doch nur die schrille Stimme von Nicole Himmel, die diese verzerrten Töne absonderte.

»Was ist denn los?«

»Hast du keine Nachrichten gehört? Ah, du liegst ja noch im Bett, du weißt es also noch gar nicht …«, bellte sie im Stakkato, »Der Herr Detektiv ist nicht von dieser Welt. Das Historische Institut brennt!«

»Du machst Witze …«

»Leider nein. Es kam vor Kurzem im Radio. Die Feuerwehr ist vor Ort, aber es gibt wohl keine Hoffnung mehr, dass man die Bibliothek retten könnte.«

»Du meinst das Gebäude, in das wir gestern das Stundenbuch gebracht haben?« Müller war hellwach. »Wir haben es doch im Stahlschrank eingeschlossen, oder? Neuigkeiten von Beat Jenzer?«

»Nein«, antwortete Nicole. »Er geht nicht ans Handy. Ich versuche es später noch mal.«

»Was kann das bedeuten? Er wird doch nicht …«

Nicole wurde blass. Offensichtlich hatte sie sich nicht vorstellen können, dass Beat selbst Opfer der Flammen werden könnte.

»Entschuldige, ich habe nur an unser Buch gedacht«, sagte sie kleinlaut. »Wollen wir hinfahren?«

»Um beim Brennen zuzusehen? Nein, danke. Wir probieren es weiter, entweder bei ihm zu Hause oder über sein Handy.«

Am Mittag war es endlich so weit. Jenzer ging ans Telefon.

»Eine Katastrophe«, sagte er. »Das ganze Archiv ist zerstört.«

»Und unser Stundenbuch?«, fragte Nicole atemlos.

»Ich weiß nicht. Ich glaube, es ist gestohlen worden, deswegen wurde wohl der Brand gelegt. Ich konnte mit dem Feuerwehrkommandanten kurz ins Haus, nachdem die Löscharbeiten beendet waren. Das Buch lag weder an seinem Platz im kleinen Safe noch irgendwo anders. Es ist verschwunden.«

Müller fluchte lautstark, sodass ihn selbst Jenzer über das Handy hören konnte.

»Was die Daten betrifft«, erklärte Beat Nicole, »da braucht ihr euch keine Sorgen zu machen. Die sind gesichert. Ich habe gestern Nacht das gesamte Stundenbuch digitalisiert. Wir können uns jederzeit treffen, um damit weiterzuarbeiten.«

»Sag ihm, wir kommen heute Nachmittag gegen drei zu ihm in die Matte«, ließ Müller ausrichten.

Heinrich Müller und Nicole Himmel machten sich nach dem Mittagessen zu Beat Jenzer auf. Sie durchquerten die Kasernenwiese, nahmen den Weg hinter dem ›Pentagon‹ entlang der Pferdetrainingsbahn und erreichten den Rosengarten, von wo aus sie an diesem sonnigen Herbsttag eine prachtvolle Sicht über die Berner Altstadt hatten. Dann folgten sie dem Weg zwischen Altem und Neuem Aargauerstalden, ließen die Bären im Park links liegen und stachen den Klösterlistutz hinunter zur Untertorbrücke, über die im Mittelalter der bedeutendste Teil des Warenverkehrs geführt worden war.

Auf der Plattform über der Brückenschanze inmitten der Aare blieb Heinrich stehen, blickte ins strömende Wasser, das unter ihm in einem Wirbel zusammenschlug, und zog eine Fotokopie aus der Tasche.

»Das ist der Bericht der Chronik von Conrad Justinger aus dem Jahr 1420. Er erzählt vom verheerenden Brand, der 1405 fast die ganze Altstadt von Bern in Schutt und Asche gelegt hatte. Später wurde verboten, innerhalb der Stadtmauern mit Holz zu bauen, lediglich der Dachstock durfte noch als Balkenwerk bestehen.«

Er gab Nicole das Dokument.

*Die gröste brunst der stat berne.**

Do man zalte von gots geburt MCCCCV jar, uf einen dornstag so da waz der vierzehndost tag meyen, nach vesper zit, alz die glogge bald fünfe slachen solte, gieng für uf am mitten an der brungassen schattenhalb, und waz von bisen grosser wind, und wart daz für so mechtig, daz es nieman kond erweren. Zehand in einem vierden teil einer stund waz daz für ubergangen die brungassen, die hormansgassen, die meritgassen, die kilchgassen, die egerdengassen, die barfüssen, im graben, in der nüwenstat, die ysel [Insel]*; daz alles verbran ussgenomen die predier* [Predigerkloster] *und ein ort an der ringmure zwüschent den toren, und erwand* [aufhören] *hienieden bi dem kouffhuss und am rüwental, den bran ir gloghus ab. Also verbran die alt kebie, do die zitglogge inne hanget, darinne verbrunnen siben pfaffendirnen. Daz für slug von der ysel den berg ab, und verbrunnen alle hüser ze marsyli und beleip da nüt. Also verbrunnen bi sechshundert hüsern, gros und klein, und gros guot darinne und me denne hundert*

*Übersetzung auf Seite 204

mönschen. Es kond nieman vernemen, wannan dise grosse plag komen were; doch hat man grossen argwan uf etlich pfaffendirnen, so desselben tages von den pfaffen ussgebürget [durch Bürgschaft ausgelöst] *wurden. Es wurden ouch etlich gefangen und wolten nüt vergechen* [gestehen]. *Aber ein bös wip ab dem belpberg, hies furerra, hat zwüschent den brünsten vil rede getriben, wie der stat gros liden vorschine. Ir eigen sun gab si hin* [zeigte sie an], *und wolt nit vergechen, und wart doch verbrent. Nach disem grossen kumber hat man sich verwegen* [entschlossen], *rete und zweyhundert, man wölte sich bessren, und nieman müssen nach widerrechts twingen und jederman glichs gestatten. Ist daz beschechen? Daz wirt sich ervinden an der stat, da nit me verborgen ist, am jüngsten gericht.*

»Das ist aber nur ein schwacher Trost, wenn unser Stundenbuch verbrannt ist«, sagte Nicole nüchtern.

»Ich weiß«, erwiderte Heinrich. »Aber ich werde das Gefühl nicht los, dass uns jemand zum Narren hält und dass der Brand inszeniert worden ist.«

»Die Diebe sind bestohlen worden, sozusagen.«

Dann setzten sie ihren Weg fort in die Tiefen der Matte, des ehemaligen Flößerquartiers, in dem neben dem Badehaus mit seinen Dirnen auch die schmutzigen Berufe angesiedelt waren, nach denen heute noch die Gerberngasse benannt ist. Am hinteren Mühleplatz lebte Beat Jenzer, im Parterre, wie Heinrich feststellte.

»Du kannst wählen«, sagte er, »Verbrennen in der Bibliothek oder Absaufen im Hochwasser, das die Matte alle paar Jahre wieder trifft.«

Jenzer begrüßte sie an der Tür. Er wirkte mitgenommen, seine Haare staubig und grau von Ruß und Rauch, die Augen rot leuchtend im gelben Gesicht.

»Kommt rein«, sagte er.

»Eine Katastrophe«, erklärte Müller.

»Die wissenschaftliche Literatur wird man wiederbeschaffen können«, sagte Jenzer schulterzuckend, »und Originale haben wir in diesem Bereich eigentlich nicht gelagert. Die befinden sich in der Burgerbibliothek im alten Kornhaus an der Münstergasse in feuer- und strahlensicheren Bunkeranlagen im Erdinnern.«

»Aber das Stundenbuch …«, begann Nicole.

»Verschwunden«, sagte Jenzer. Es schien, der Verlust bekümmerte ihn nicht allzu sehr. »Ich bin überzeugt, dass es gestohlen worden ist. Damit werden die Diebe nicht durchkommen, denn es ist unverkäuflich. Sobald unsere Mission abgeschlossen ist, stelle ich die eingescannten Seiten ins Internet auf die Homepage der Stadt- und Universitätsbibliothek. Somit ist für die Wissenschaft nichts verloren.«

»Aber unsere Arbeit wird erschwert, denn der Diebstahl hat mit dem Auftrag zu tun, den ich erhalten habe. Davon bin ich überzeugt. Niemand sonst konnte von unseren Absichten wissen.«

»Gut. Dann kennen wir ja unsere Gegner«, sagte der Historiker.

»Eben nicht«, erwiderte Müller. »Ich wurde kontaktiert von Enrico da Silva, bestimmt ein Strohmann.«

»Da Silva?«, fragte Jenzer und lachte. »Dieses Windei!«

»Du kennst ihn«, wunderte sich Nicole.

»Na ja, kennen wäre zu viel gesagt. Er ist der Berner Vertreter des Ordens vom Goldenen Vlies und wirbelt in letzter Zeit ziemlich viel Staub auf. Dann haben wir ja eine Verbindung.«

»Inwiefern?«, fragte Müller.

Beat Jenzer erzählte: »Karl der Kühne war seit früher Jugend gefangen in der Furcht vor Giftmord und schwarzer Magie. Dem setzte er einen großen Plan entgegen, für den alle Mittel recht waren, Krieg, Mord, Verrat. Sein Fernziel war ein Kreuzzug! Seine Existenz sollte über das diesseitige Leben hinaus erinnert werden. Dem Orden vom Goldenen Vlies wurde nachgesagt, er besitze das wahre göttliche Geheimnis der Natur. Es sei ein flüssiges Gold, das wertvollste Ding auf Erden, der Stoff der Stoffe. Der Ordensstern auf der Brust der Ritter sei die Verbindung von Feuer und Wasser, des Männlichen und Weiblichen, des Aktiven und Passiven. Das meint jedenfalls im 18. Jahrhundert der Rosenkreuzer Hermann Fictuld. Keiner der Ritter stellte sich dem Geheimnis entgegen, denn es lebte sich sehr gut mit der Furcht der Menschen vor esoterischen Phänomenen. Natürlich übertreibt er dann, wenn dem Goldenen Vlies gleichsam der Urstoff zugeeignet wurde, die Weisheit der Urwissenschaft, die sozusagen direkt aus dem Paradies auf die Ritter herabgekommen sei. Als Wundertätige waren sie ja nicht bekannt. Man müsste wissen, ob die heutigen Ordensmeister immer noch in diesem Glauben leben.«

»Damit ich das richtig verstehe«, setzte der Detektiv an, »der spanische König und der Älteste der Habsburgerdynastie sind im Besitz von Geheimwissen über das wahre Göttliche in der Natur, und das sie uns in diesen schwierigen Zeiten vorenthalten?«

»Das ist der Sinn von *geheim*«, schloss Jenzer.

»Riecht aber sehr nach Verschwörungstheorie.«

»Normalerweise bildet in einem zusammengesetzten deutschen Wort das letzte Element den Sinn«, konterte Nicole, »hier also ›Wissen‹. Im vorliegenden Fall aber verschiebt sich die Bedeutung zum Geheimnis. Wenn es nur lange genug existiert, ohne offenbar zu werden, dann spielt das Wissen irgendwann keine Rolle mehr, egal ob es einmal existiert hat oder nicht. Das Geheimnis allein gibt seinem Bewahrer die Macht.«

»Um es auf den Punkt zu bringen: Es steckt also nichts dahinter?«, fragte Heinrich.

»So wenig wie hinter jeder Verschwörungstheorie. Aber wenn man die Menschen dazu bringen kann, daran zu glauben, hat man beinahe gewonnen. Du wirst auch immer einen Experten finden, der die Theorie unterstützt.«

»Gehen wir davon aus«, folgerte Müller, »das dieses geheime Wissen genügt, einen Anspruch auf Macht, Geld und so weiter festzulegen …«

»Und dafür Menschen umzubringen …«, sagte Jenzer.

»Das ist Teil der Einschüchterungsstrategie«, wandte Nicole ein.

»Dann wissen wir immer noch nicht, worum es geht und ob die Ansprüche berechtigt sind.«

Nicole schüttelte den Kopf. »Du hast es noch nicht verstanden. Der Inhalt spielt keine Rolle, solange die Form stimmt. Wenn es dir gelingt, deine Interessen durch Erpressung, Angst oder Überzeugung durchzusetzen, braucht es eigentlich keinen Inhalt mehr.«

»Da wird sich Spanien freuen, wenn es die Herrschaft über das ehemalige Burgund zurückgewinnt, und nebenbei kann es seinen bankrotten Haushalt mit Schweizer Franken statt mit Euros ausgleichen«, sagte Müller. »Dann könnte es Brüssel auch endlich erklären, wo es lang geht.«

»Das ist lächerlich. Niemand wird jahrhundertealte Grenzziehungen widerrufen«, erneuerte Nicole ihre gestrige Aussage.

»So stabil sind Grenzen nicht. Die letzten bedeutenden Veränderungen gab es 1945 nach dem Ende des Zweiten Weltkriegs …«, meinte Heinrich.

»Und nach dem Zerfall der Sowjetunion 1989. Damals entstanden viele Nationalstaaten zum ersten Mal …«, sprang Jenzer ein.

»Aber jeweils in den als Republik oder Teilstaat bereits vorhandenen Territorien«, widersprach Nicole. »Burgund wurde jedoch 1478 im Frieden von Zürich aufgelöst und unter den Siegern verteilt. Wie nach jedem Krieg neue Grenzen gezogen werden.«

»Es stellt sich die Frage, ob das Faktische der Kriegsereignisse zählt oder das Testament des Herrschers …«, sagte Müller.

»Der ein Verlierer ist«, gab Nicole zu bedenken.

»Die Juristen müssen das klären. Allein, dass derartige Ansprüche auftauchen, zeigt ihre Brisanz. Es kann niemanden kaltlassen, weder die EU noch die betroffenen Länder.«

»Die da wären?«, fragte Jenzer.

»Frankreich, Holland, Belgien, Luxemburg, Deutschland und die Schweiz.«

»Wenig Chancen für bilaterale Verträge«, murrte Nicole.

»Die Frage ist, wie viel Energie die verschiedenen Akteure in die Lösung der anstehenden Fragen stecken«, folgerte der Historiker.

»Mörderische Energie, würde ich sagen«, entgegnete der Detektiv.

»Nicht unterschätzen darf man den Wert des schriftlichen Dokuments. Das Wort hat die höchste Glaubwürdigkeit, denn jedes wichtige Dokument wurde mit Schwur und Siegel bekräftigt. Es war somit von allerhöchster Glaubwürdigkeit.«

Zurück im *Schwarzen Kater* saßen die beiden an einem Tisch, genossen eingelegte Sauerkirschen zu einer Flasche ›Clos de los Siete‹, einem Argentinier mit schwer süßlichem Bukett, und gedachten damit ihren Frust wegzuspülen.

»Traust du den beiden nicht?«, fragte Nicole.

»Das ist nicht das Problem. Aber es gibt Dinge, die besser unter uns bleiben.«

»Zum Beispiel der Einbruch bei Alessandro Hess.«

»Und was wir dort gefunden haben«, sagte Heinrich. »Wir brauchen den Historiker für die Bearbeitung alter Schriften, die Informatikerin für das Knacken von Codes und Enrico da Silva als Kontakt zu den Hintermännern. Jeder zu seiner Zeit auf seinem Posten.«

»Und wir beide?«

»Treten die Lawine los.«

»Erst musst du mal wissen, wo der Schnee liegt.«

»Der Schnee liegt bei Hess, das Stundenbuch ist der Freerider, der die Lawine auslöst«, sagte Müller.

»Du sprichst in Rätseln.«

»Besser als in Zungen«, witzelte der Detektiv. »Stell dir vor, du sitzt auf einem Haufen Material, mit dem du nichts anfangen kannst, weil du erstens nicht weißt, wonach du suchst, und weil dir zweitens der Zugangscode fehlt. Zumindest das sollte das Stundenbuch liefern. Es muss ein System geben, mit dem Ordnung in die Sache kommt.«

»Verschaffen wir uns einen Überblick«, begann Nicole. »Am Anfang steht der Mord an Alessandro Hess.«

»Zumindest so weit wir Kenntnis haben. Es könnte auch nur der Wendepunkt einer bereits länger schwelenden Affäre sein. Hess hat ja kaum aus heiterem Himmel mit der Sammlung all der Unterlagen über das Mittelalter begonnen. Entweder handelte er im eigenen Auftrag, oder er sollte für jemand anderen recherchieren. Jedenfalls habe ich eine besonders interessante Datei gefunden. Sie trägt den Titel: ›Die Weisheit der Narren am burgundischen Hof‹.« Müller fasste zusammen: »Die ›Ritter des Narrenordens‹ waren die älteste Narrenvereinigung, 1381 in Kleve am Niederrhein gegründet. Sie wurde zum Vorbild für die ›Compagnie de la Mère Folle‹ in Dijon, deren Gründungsdatum zwar unbekannt ist, die aber von Philipp dem

Guten, Karls Vater, am 27. Dezember 1445 in einem Gedicht gewürdigt wurde. Die Vereinigung war straff, ja geradezu militärisch organisiert. Ihre Anführerin, die ›Mère folle‹, besaß nicht nur eine Fahne in den Farben von Burgund, sondern es umgab sie ein Hofstaat mit einer Schweizergarde, einem Kanzler, Gerichtsbeamten und anderen Würdenträger, die sich in ihren Kostümen unterschieden.

Diese Compagnie traf sich an den drei letzten Fasnachtstagen im Festsaal des Fischmarkts und hielt ihr jährliches Festessen ab, zu dem die Gäste bunte Kostüme trugen, ebenfalls in den burgundischen Farben Grün, Rot oder Gelb, eine Narrenkappe mit Schellen und Hörnern, dazu kam ein Narrenzepter, verziert mit einem Narrenkopf. Dort wurde die Weisheit der verkehrten Welt unter den Bürgern der Stadt ausgetauscht, denn die Compagnie war nichts weniger als ein repräsentativer Club der bedeutendsten Persönlichkeiten von Dijon.

Unter dem Schutz der Narrheit ließ man dem Irrwitz freien Lauf und gestaltete das Leben als Burleske, wie es die Aufnahmeurkunde beweist: ›Die unübertroffenen und wunderbaren Mitglieder der Dijoner Infanterie, Zöglinge des Apolls und der Musen, rechtmäßige Kinder des hochwohlgeborenen Gutwetters lassen alle Narren, Erznarren, Launischen, Windigen, Dichter von Natur, Statur und A-Dur, alte und neue, anwesende und abwesende Almanache, Pistolen, Dukaten, Portugieser, Jakober, Taler* und andere spindeldürre Dudelsäcke wissen, dass Herr XY … zu allen Freuden der Kinnladen, jedweder Freiheit, Galanterie, Dreistigkeit, Selbstgefälligkeit und Erfahrenheit der Zähne gelange, die von einem Liebling der Schenken erwartet werden dürfen …‹«

»Irgendein Zusammenhang zum Orden vom Goldenen Vlies und seiner Erkenntnis des innersten Wesens der Natur?«, fragte Nicole.

»Keinen direkten. Offenbar fehlt ein elementares Puzzleteilchen. Das wollte sich Enrico da Silva durch unsere Arbeit sichern.«

»Dann hat er auch Alessandro Hess engagiert? Und ihn umgebracht, nachdem er sein Bauteil geliefert hat?«

»Spekulation«, sagte Müller. »Vorerst wissen wir nur, dass es unterschiedliche Interessenten zum selben Fragenkomplex gibt.«

»Irgendwie nervt das Ganze«, ereiferte sich Nicole und biss in einen frischen Boskop, bei dessen Gerbsäure sich ihr Mund zusammenzog. »Weder wissen wir, was genau wir suchen, noch kennen wir die Motive unseres Auftraggebers, noch haben wir eine Ahnung, wer von diesem geheimen Wissen welchen Nutzen zieht. Ein bisschen wenig für meinen Geschmack.«

---

* Namen von Münzen

»Nicht nur für deinen. Aber so lange wir bezahlt werden, machen wir weiter.«

»Hast du einen Scheck bekommen?«

»Nein. Ich frage morgen nach.«

Baron Biber und Mathilda strichen unruhig in der Gaststube herum und wollten sich frisches Futter erschleichen. Sie hatten das Rätsel der Beeinflussung von Menschen gelöst. Es nannte sich Schnurren, und ihre Spezies allein war in dieser Sparte ausgebildet.

DIENSTAG, 24.9.2013

Endlich!

Nach Heinrichs achtem Versuch nahm Enrico da Silva das Handy ab. Allerdings erkannte Müller die Stimme nicht wieder. Sie nannte auch nicht den Namen seines Auftraggebers und versprach keine weitere Geldüberweisung, sondern sagte: »Kantonspolizei Freiburg. Bleiben Sie bitte am Apparat!«

Natürlich war der erste Reflex, die Verbindung zu unterbrechen, aber Müller war sich sofort bewusst, dass ja seine Nummer beim Angerufenen sichtbar war.

Die Stadt Murten wurde seit dem Mittelalter durch eine Ringmauer geschützt. Auf der Südseite war der Wehrgang nach wie vor begehbar. An seinem westlichen Ende schloss ihn der Rote Turm oder Hexenturm ab, ein imposanter Quader aus gelbem Jurakalk. Dieser Stein wurde oft als roter Stein bezeichnet. Vom Turm aus hatte man freien Blick auf den Bois Domingue, einen kleinen Hügel, vor dem das Heer Karls des Kühnen gelagert und wo das Befehlszelt gethront hatte. 1763 wurde aus dem Roten Turm ein Hexenkasten entfernt, ein Kerker für gefangene und der Hexerei bezichtigte Frauen. Heute lag ein Hexer inmitten von emsigen Polizistenbeinen, klickenden Kameras und blutigen Treppenstufen, die nach oben in die Verteidigungsstellungen führten.

Heinrich Müller und Nicole Himmel traten so nahe wie möglich an das Geschehen heran, bevor sie von einem Uniformierten barsch zurechtgewiesen wurden.

»Kein Eintritt für Zivilisten, warten Sie bitte unten!«

»Man hat uns herbestellt«, brummte der Detektiv. »Ein Mann ohne Namen.«

»Das war ich«, rief einer aus dem Hintergrund. »Ich komme gleich.«

»Frisch renoviert, und dann diese Sauerei«, brummte ein Feuerwehrmann und zeigte auf die blutverspritzte Wand.

Schließlich trat der Polizist an sie heran und stellte sich vor: »Detektiv Zahno, Kapo Fribourg. Passen Sie auf, wo Sie hintreten.«

Man stellte sich gegenseitig vor.

»Ein Schlachtfeld«, sagte Nicole Himmel erschrocken.

»Es sieht schlimmer aus, als es ist«, meinte der Polizist. »Gut, der Mann ist tot. Aber so weit wir bisher festgestellt haben, genügte ein tiefer Schnitt durch die Kehle. Daher das viele Blut. Er hat nicht lange gelitten.«

»Enrico da Silva?«, fragte Heinrich Müller.

»Jedenfalls hat das Handy des Toten geläutet, als Sie angerufen haben. Wir hoffen, Sie können uns weiterhelfen. Er trägt keine Ausweispapiere bei sich.«

»Sieht ihm ähnlich. Kann ich ihn sehen?«, wollte Müller wissen.

Zahno zuckte die Schultern. »Wenn Sie starke Nerven haben …«

Der Freiburger Polizist führte den Berner Detektiv auf den oberen Holzboden. Wie in einem Stundenglas der Sand rieselte, sammelte sich in einem schmalen Spalt ein Tropfen Blut nach dem anderen, fiel in stetig verzögertem Rhythmus auf den Boden und zerplatzte neben Nicole, bis endlich einer an der Decke gerann.

Als Heinrich Müller nach ein paar Minuten wieder die steile Treppe hinunterstieg, nickte er leicht mit dem Kopf und bestätigte: »Es ist Enrico da Silva. Ein unsauberer, harter Schnitt durch die Kehle. Von vorn. Jemand wollte ihn zum Schweigen bringen.«

»Allerdings sieht es nach einem Amateur aus«, ergänzte der Polizist, der zu den beiden getreten war.

»Ein Amateur, der zufällig ein scharfes Messer mit sich trägt?«, fragte Nicole skeptisch.

»Auf einen Disput war er offensichtlich vorbereitet«, sagte Zahno. »Ein Profi hätte es jedoch nicht zugelassen, dass ihn das Opfer erkennt. Er hätte es von hinten attackiert. So wird der Täter nicht ohne Blutspritzer davongekommen sein.«

»Jetzt muss er seine gesamte Kleidung vernichten«, überlegte Müller, »sonst überführt ihn ein DNA-Test.«

»Vielleicht hält er sich noch in der Stadt auf, dann haben wir eine Chance.«

»Ein Zufall wird das Zusammentreffen nicht gewesen sein«, sagte Heinrich. »Seinem Mörder wäre da Silva auf keinen Fall gegenübergestanden. Dafür war der Mann zu misstrauisch. Das bedeutet, sie hatten an diesem Ort ein gemeinsames Interesse.«

»Am Hexenturm?«, fragte Zahno ungläubig. »Der ist ja erst gerade gründlich aufgefrischt worden. Da gibt es nichts zu finden.«

»Weniger am Turm«, argumentierte Müller, »sondern an der Aussicht. Man erkennt doch von hier das Gelände der Schlacht von Murten.«

»Man hat einen ziemlich guten Überblick«, entgegnete der Fribourger. »Vom Hügel bei Salvenach, wo die Eidgenossen angegriffen haben, über den Bois Domingue bis hinüber Richtung Merlach, wo die Truppen Karls des Kühnen in den See gedrängt worden sind. Aber das Gelände, wo die Burgundertruppen gelagert haben, ist beinahe vollständig überbaut.«

»Es kam Enrico da Silva auch nicht auf das Schlachtgelände an«, erklärte Heinrich Müller. »Er suchte einen Ort, wo Karl der Kühne etwas Wertvolles versteckt haben könnte. Und er hat offensichtlich geglaubt, der Herzog habe dieses Objekt bis Murten mit sich getragen.«

»Sie sind anderer Ansicht?«, wollte Zahno von der Frau mit dem skeptischen Blick wissen.

»Wir sind uns nicht ganz einig«, antwortete Nicole Himmel. »Aber es ist nicht entscheidend, was wir denken, sondern von welcher Idee da Silva ausgegangen ist. Wir müssen mehr über ihn herausfinden, um zu wissen, wie er tickte.«

»Vielleicht hat er einfach nur eine Möglichkeit ausschließen wollen«, mutmaßte Heinrich. »Je mehr mögliche Varianten es gibt, desto mehr verzettelt man sich und desto ungewisser sind die Erfolgsaussichten.«

»Wie groß soll denn der Gegenstand sein?«, fragte der Polizist, und sein Jagdinstinkt war geweckt.

»Klein«, antwortete Heinrich.

»Sehr klein«, schob Nicole nach.

»Das Versteck müsste die Jahrhunderte überdauert haben«, ergänzte Müller.

»Auf dem Bois Domingue gibt es nichts dergleichen«, sagte Zahno. »Dann bleibt nur die Stadtmauer selbst.«

»Unwahrscheinlich, dass Karl der Kühne in die Befestigung einer belagerten Stadt von außen einen Gegenstand eingepasst hätte.«

»Das stimmt«, erwiderte Zahno. »Aber vielleicht

gibt es ein Zeichen, einen Hinweis auf ein anderes Versteck.«

»Und nachdem da Silva diesen Hinweis gefunden hat, hat er ihn einem Komplizen verraten, der ihn anschließend umgebracht hat?«, fragte Müller.

»Ich gebe zu«, sagte Zahno, »eher eine Romanvorlage als eine sinnvolle Erklärung.«

»Oder man hat Enrico da Silva getötet, weil er gerade eben keinen Hinweis hat liefern können«, meinte Nicole. »Er ist seinen Auftraggebern etwas schuldig geblieben.«

»Ich sehe, Sie arbeiten bereits an diesem Fall«, konstatierte der Fribourger Polizist.

»Haben wir Ihnen noch nichts davon gesagt?«, wollte Müller wissen.

Zahno seufzte. »Passen Sie auf«, schloss er. »Wenn es so gewesen ist, wie Ihre Kollegin ausgeführt hat, haben Sie einen neuen Mitspieler. Einen äußerst gefährlichen Mitspieler!«

MITTWOCH, 25.9.2013

»Warum hast du es ihm nicht gesagt?«, fragte Nicole, während sie Mathildas weißen Bauch knuddelte, bis die Katze die Krallen ausfuhr und nach den Fingern schnappte.

»Dass Enrico da Silva unser Klient war?«

»Nein, das liegt auf der Hand, dass wir bereits etwas gefunden haben. Der Polizist hat einen sympathischen Eindruck hinterlassen. Er hätte uns bestimmt helfen können.«

»Nicht sein Zuständigkeitsbereich«, brummte Heinrich und legte Baron Biber ein glatt gestrichenes Stück Gala-Käse im Verpackungsdreieck auf den Boden.

»Das Glück des alten Katers liegt auf dem Rücken der Alufolie«, kommentierte er. »Ich lasse die Freiburger Polizei ihre Arbeit erledigen. Vielleicht springt dabei etwas für uns heraus.«

»Daran zweifle ich. Außerdem bin ich davon ausgegangen, dass wir bereits einen Schritt weiter sind.«

»Wahrscheinlich sind wir das. Dennoch finde ich es hilfreich, alle Erkenntnisse zu sammeln, mögen sie auf den ersten Blick auch noch so nebensächlich sein.«

»Du glaubst also nicht, Enrico da Silva sei nur aus Zufall in Murten gewesen. Ich meine, über das Treffen mit seinem Mörder hinaus.«

»Die Tatsache, dass er an der Stelle stand, wo man den besten Überblick über das Murtener Schlachtgelände hat, spricht gegen einen Zufall.«

»Ich habe eine Theorie«, sagte Nicole und packte die Katze beim Schwanz.

»Ich höre …«

»Wir sind bisher stets davon ausgegangen, Karl der Kühne habe seinen Schatz selber versteckt. Was, wenn er nur das Stundenbuch retten konnte, der wirklich wichtige Gegenstand aber bei Grandson verloren gegangen ist?«

»Ein Berner oder Freiburger hätte ihn also mit nach Murten genommen und dort versteckt …«

»Zumindest würde Karl der Kühne dies vermuten.«

»Du meinst«, sagte Heinrich Müller und fuhr alle seine Antennen aus, »der burgundische Herzog hat Murten nur belagert, um dieses Objekt zurückzubekommen? Das würde eine völlig neue Perspektive für die Burgunderkriege bedeuten. Keine Rache für verloren gegangene Gebiete, keine Großmachtpolitik, sondern der Ehrgeiz eines persönlich verärgerten Heerführers.«

»Denk daran«, meinte Nicole, »dass sich das ewige Geheimnis der Natur im Kern des Ordens vom Goldenen Vlies versteckt. Grund genug, das heilsame Wissen zurückzuholen.«

»Und wenn es unheilvolles Wissen ist?«

»Dann erst recht.«

»Karl der Kühne hat es aber nicht gefunden. Er hat bei Murten nicht nur die Schlacht und seine Truppen verloren, sondern auch seine Zuversicht, den Nimbus des Unbesiegbaren. Das ist der wahre Grund für seinen Tod bei Nancy ein paar Monate später.«

Eine betörende Musik flutete durch das Büro der *Detektei Müller & Himmel*, hypnotisierende Rhythmen aus alten Zeiten, in denen gemessene Schritte beim Tanz modisch waren. Die Klangstrukturen wirkten jedoch neu. Michael Nyman hatte eine Ayre von Henry Purcell aus dem Barock in die Gegenwart katapultiert und mit dem sinnigen Titel ›Chasing Sheep Is Best Left to Shepherds‹ versehen.

Müller recherchierte im Internet, ob sich für die Vermutungen des heutigen Vormittags Beweise finden ließen. Mit einem leisen Froschquaken wurde er auf eine neue Mail hingewiesen. Automatisch klickte er mit der Maus auf die Nachricht, deren Absender ihm nicht bekannt war. In überdimensionalen Buchstaben las er Folgendes:

›Im Namen des Ordens von Behemoth,

Detektiv! Wir, die Ehrenwerten Behemoths, teilen dir mit, dass deine Suche uferlos sein und im Tal der Tränen enden wird.

Der erste Verräter hat das Siegel gestohlen, das ihm Zutritt zu magischem Wissen verschaffen sollte. Der Tod aber kam über ihn.

Der zweite Verräter hat den Orden betrogen, indem er sich den Herren der abgefallenen Seite angedient hat. Der Tod aber kam auf leisen Füßen.

Willst du der dritte Verräter werden?

Wenn du in den Besitz der Leere gelangt sein wirst, werden wir es erfahren und Kontakt zu dir aufnehmen. Du wirst dann am Scheideweg stehen, der da heißt: Leben oder Tod!

Besinne dich frühzeitig!‹

»Warum nur bin ich nicht erstaunt, dass die Mail keine Unterschrift hat?«, fragte Heinrich Nicole, nachdem sie den Text gelesen hatte.

»Diese Frage beantworten wir, nachdem sich Michelle Broccard die Datei vorgeknöpft hat. Vielleicht findet sie heraus, wo sie abgeschickt worden ist, obwohl es unwahrscheinlich erscheint, dass so etwas ohne Verschlüsselung durchs Netz gejagt wird.«

So war es denn auch. Die eilends herbeigerufene Informatikerin zuckte die Schultern.

»Wie fast jede Mail hat sie den Umweg über die USA genommen und ist auf ihrem Weg auf Servern in Madrid und Wien vorbeigekommen. Es wäre zu schön, man könnte einfach auf den Computer des Absenders zugreifen.«

»Ich kann also auch nicht darauf antworten?«, wollte Heinrich wissen.

»Zwecklos«, sagte Michelle, »das bleibt irgendwo unterwegs stecken und erreicht sein Ziel nicht. Am Ende liest ein verdutzter Mensch, dessen PC gehackt worden ist, eine kryptische Mail und interpretiert sie als Bedrohung seiner Person. Aber was bedeutet der Text überhaupt?«

»Behemoth ist ein Ungeheuer aus dem Alten Testament, das irgendwie mit der Hölle in Verbindung steht, wenn ich mich recht erinnere«, erklärte Nicole. »Irgendwelche Spinner haben also einen satanistischen Orden gegründet und beglücken die Menschheit mit Drohmails.«

»Nicht die Menschheit. Uns!«, intervenierte Heinrich. »Möglicherweise ist es ein Gegenorden zum Goldenen Vlies.«

»Offensichtlich haben die Absender Kenntnis von der bisherigen Entwicklung«, sagte Michelle.

»Es kann sich also nur um Leute aus dem Umfeld

der Auftraggeber oder der Täter handeln«, erklärte Nicole.

»Oder der Ermittler«, witzelte Michelle. Der Scherz wurde jedoch ungnädig aufgenommen.

»Wenn es nicht die Täter selber sind.« Müller überlegte. »Die Informationen sind aber bereits in der Presse aufgetaucht. Es können also auch einfach Trittbrettfahrer sein, die einen Profit erwarten.«

»Was sind ›die Herren der abgefallenen Seite‹?«, fragte die Informatikerin, löste das Band aus ihren Haaren und schüttelte ihre Locken.

»Aus der Sicht der Satanisten wären es die Diener Gottes«, meinte Nicole. »Enrico da Silva hat mit der Kirche zusammengearbeitet. Die Hölle erwartet ihn.«

»Inquisition und Teufelsglaube im 21. Jahrhundert.« Heinrich schnaubte. »Hört denn dieser Unsinn nie auf?«

»Sei froh, dass nicht noch mordlüsterne Salafisten, Säbel schwingende Derwische und schießwütige Assassinen hinter uns her sind.«

DONNERSTAG, 26.9.2013

Drei junge Knappen amüsieren sich in einer Kellerkneipe.

Während des Zechgelages wird im Hinterhof eine junge Frau von den Garden des Grafen vergewaltigt.

Die drei Betrunkenen werden zuerst aus dem Städtchen geworfen, dann der frevelhaften Tat bezichtigt. Sie können sich an nichts erinnern und fühlen sich schuldig. Da der Jüngste unter ihnen das Mädchen geliebt hat, kann sich keiner vorstellen, die Untat begangen zu haben.

Sie wollen in die Stadt zurückziehen, um ihre Unschuld zu beweisen oder am Galgen zu hängen.

Sie treffen das Mädchen und erklären sich ihr. Während man schon das Rasseln der Säbel der Häscher hört, lockt sie sie in einen anderen Hof und scheucht sie eine Kellerrutsche hinunter. Sie landen in einem stinkenden Haufen faulender Kartoffeln. Oben hören sie die Verfolger, unten brennen zwei Fackeln und weisen ihnen den Weg durch einen Tunnel unter den Stadtmauern durch auf das offene Feld. Von dort rennen sie, verschmutzt zwar, aber gerettet, in den nahe gelegenen Wald.

Dort erwartet sie bereits die Maid, die sie als Feiglinge und ihrer nicht würdig bezeichnet – außer sie würden die ihr angetane Schmach rächen.

Die drei sind dazu bereit. Die ersten Berittenen erscheinen am Waldrand, dahinter die Söldner zu Fuß, unter ihnen die Vergewaltiger.

Das Mädchen ruft: »Hier sind eure Waffen«, und hinter den Bäumen erscheinen drei düstere Gestalten mit drei Armbrüsten und drei Wämsern. »Lockt die Truppen in den Wald!« Mit diesem Satz verschwindet sie.

Die drei rennen zwischen den Bäumen auf die höchste Erhebung zu. Der Rücken ihrer Wämser leuchtet golden. Die Verfolger heulen auf, eilen ihnen nach, es wird auf die drei geschossen, Pfeile sausen an ihren Köpfen vorbei.

Als die Lage aussichtslos wird, drehen sie sich um, damit sie um ihr Leben kämpfen können. Plötzlich sind sie unsichtbar, denn das Wams weist vorn die Farben des Waldbodens und der Bäume auf.

Dann sehen sie das Mädchen wie eine rächende Göttin auf einer Astgabel stehen. Sie schwingt ein blinkendes Schwert und donnert: »Und hier ist eure Armee!«

Aus dem Waldboden erhebt sich still und grausam eine Hundertschaft Männer, Sumpfgestalten, Geschlagene, Vertriebene.

»Schießt nur auf die Männer, nicht auf die Pferde!«

Die Truppen des Grafen werden niedergemetzelt, nur Einzelnen gelingt die Flucht. Die Siegreichen ziehen die Uniformen der Toten aus und schwingen sich in ihren neuen, blutverschmierten Kleidern auf die Pferde. So nehmen sie die Stadt und die Burg ein. Die Rache der Schattenarmee.

Heinrich Müller erwachte mit beschleunigtem Puls und prickelnder Hühnerhaut auf den Armen. Er blinzelte in die milchige Sonne, die gerade noch genug Wärme abgab, dass er auf dem Liegestuhl im Garten nicht fror. Das Frösteln schrieb er seinem Traum zu. Mathilda lag wie ein Inkubus auf seiner Brust und sprang weg, als er mit den Armen zu rudern begann.

Als sich Heinrich aufgerichtet hatte, rief er Nicole zu sich, die aus dem Fenster des *Schwarzen Katers* nach ihm schaute.

»Bring einen Absinthe mit, den stärksten!« Und er erzählte ihr den beunruhigenden Traum.

»Kauf doch ein paar Ablassbriefe«, schlug Nicole vor.

»Warum das denn?«

»Damit kannst du dich vom Fegefeuer freikaufen. Du hast doch sicher viel gesündigt.«

»Sündigen ist mein zweiter Vorname!«

»Vielleicht ein Wallfahrtsspiegel?«, schlug sie vor.

»Du redest in verschlüsselten Botschaften.«

»Mit einem Wallfahrtsspiegel fängst du den segnenden Schein von Reliquien ein und nimmst ihn mit nach Hause.«

»Wo bekomme ich so ein Ding?«

Nicole zuckte die Schultern. »Johannes Gensfleisch hat sein Dasein als Hersteller von Wallfahrtsspiegeln gefristet, bevor er als Johannes Gutenberg den Buchdruck mit beweglichen Lettern erfunden hat.«

»Ein solcher Traum belastet also das Karma der christlichen Seele?«, fragte Heinrich in verdächtiger Ruhe.

»Keine Ahnung«, sagte Nicole, »wieso soll ich als Atheistin das wissen?«

»Wenn du solche Vorschläge machst, gehe ich von geheimen Insiderinformationen aus.«

Nicole lachte. »Das wäre zu schön. Dann hätte ich die Lösung des Falles bereits. Ich meine, der hat dir ja gewaltig aufs Gehirn geschlagen, dass du solchen Unsinn träumst.«

»Ich mache das ja nicht freiwillig. Man hat mich sozusagen dazu gezwungen.«

»Vielleicht hat das Ganze ja einen tieferen Sinn.«

»Willst du Traumdeutung mit mir machen? Jung oder Freud?«, wollte Müller wissen.

»Nein. Keinen von beiden. Wir sollten Träume nicht zu sehr strapazieren. Aber da du dich offenbar intensiv mit dem Mittelalter befasst, kann deiner ja einen Hinweis enthalten, der uns weiterhilft.«

»Zum Beispiel?«

»Die Flucht gelingt mithilfe des Opfers durch einen unterirdischen Gang. Irgendwo in diesem Untergrund sind Waffen deponiert und kampfbereite Männer, die das geschehene Unrecht rächen. Möglicherweise gibt es in unserem Fall ein solches Mädchen, eine Gestalt, die sowohl Opfer als auch Täter ist, eine Mittlerin zwischen den Welten?«

»Du führst uns nur weiter ins interpretatorische Gestrüpp.«

»Ich werde dich bei Gelegenheit daran erinnern. Prost!«

Sie stießen mit ihren Absinthes an.

Nach dem zweiten Glas hob Nicole zu ihrer Gegenrede an: »Dem Menschen geht es hauptsächlich darum, sich besser zu fühlen als seine Zeitgenossen. Bei den einen funktioniert es über den Kauf von exklusiver Luxusware, bei anderen über den Besitz von Markenartikeln, bei wieder anderen über den Verzicht auf Konsumgüter, über Umweltbewusstsein oder Tierliebe. Zu den Gewinnern in diesem Spiel gehört man, wenn man die Sache moralisch betrachtet oder wenn man auf den persönlichen Genuss abzielt, wobei das eine das andere nicht ausschließt. Lästig und gefährlich wird diese Haltung, wenn sie religiöse Züge annimmt, also wenn sie einen alleinigen Anspruch auf Richtigkeit hat, oder wenn ein Wahrheitsanspruch formuliert wird.«

Heinrich war verblüfft. »Nach deinem Schlusssatz fällt mir auf: Tiere haben in meinem keine Hauptrolle gespielt.«

»Ein unverzeihliches Versäumnis!«

»Katzen wären meine Spezialität.«

»Das gilt nicht. Wir müssen uns auf die mythologischen Tiere konzentrieren. Die Affen, die im Stundenbuch so häufig vorkommen. Sie werden mit dem Teufel gleichgesetzt, weil in ihnen das sündhaft Animalische so deutlich zum Ausdruck kommt. Kletternde Affen deuten auf eine erfolgreiche Liebesbeziehung hin.«

»Die Schlange?«, fragte Heinrich.

»Passt nicht. Sie ist das Symbol der Verführung im Paradies.«

»Das ist lange her.«

»Oder in uns drin. Sie ist die Furcht vor der Erkenntnis und der Lust am geheimen Wissen.«

»Vielleicht ist sie die Essenz dessen, was der Orden vom Goldenen Vlies das Geheimnis der Natur nennt?«

»Und das Einhorn?«, fragte Nicole.

»Ein Wesen, das es nicht gibt«, konterte Heinrich.

»Eines, das es sehr wohl gibt. Nur eine keusche Jungfrau kann es in ihrem Schoß fangen. Es steht dann für die göttliche Liebe.«

Müller schürzte die Lippen. »Eine sehr körperliche Vorstellung von reiner Liebe, wenn ein kräftiges Horn deinen jungfräulichen Schoß rammt …«

»Ein Doppelwesen zwischen Reinheit und Lust.«

»Angestellt bei der EVA.«

»Eva?«, sinnierte Nicole. »Da wären wir wieder im Paradies, bei der Schlange.«

»Und bei der Erkenntnis. Ich dachte aber eher an die Eidgenössische Verführungs-Anstalt.«

»Aber nicht etwa mit Sitz in Bern?«

»Das wohl nicht. Aber stell dir die Besitzer der Stundenbücher vor, die während der Andacht auf sündige Äffchen blicken, die nur ans Rammeln denken. Ein echter mittelalterlicher Liebeszauber«, ereiferte sich Heinrich. »Das sollten wir ausprobieren!«

»Wir beide?«, entgegnete Nicole. »Träum weiter …«

FREITAG, 27.9.2013

»Wir wissen nun, dass wir etwas äußerst Wertvolles suchen, das in den Augen unserer Gegenspieler den Tod mehrerer Menschen rechtfertigt«, begann Heinrich Müller seine Rede an die versammelte Mannschaft, also an Nicole Himmel, Michelle Broccard und Beat Jenzer. »Sollten wir es jemals finden, stellt sich die Frage, ob wir es auch entschlüsseln können. Allerdings wäre es auch möglich, dass wir den eigentlichen Wert des Gegenstandes nicht erkennen, da sich dieser nur in bestimmten Zusammenhängen erschließt.«

»Wollen wir das nicht einfach den Auftraggebern überlassen?«, warf der Historiker ein. »Die zahlen ja offenbar eine Menge Geld für dieses Objekt.«

»Von einem Historiker hätte ich mehr Enthusiasmus erwartet«, sagte Nicole betrübt.

»Das ist es nicht«, erwiderte dieser. »Liebend gern würde ich spätmittelalterliche Manuskripte entziffern. Stell dir mal den Ruhm als Wissenschaftler vor! Aber das geht alles nur, wenn man am Leben bleibt.«

»Dich kennt bis jetzt noch keiner«, warf Nicole ein. »So lange bist du auf der sicheren Seite.«

»Da hast du recht. Heute ist Abendöffnung im Historischen Museum. Das heißt, die Lichtverhältnisse sind düsterer, der Gesamteindruck geheimnisvoller. Ich schlage vor, dass ich eine Führung durch die Burgunderbeute mache. Dann wollen wir uns den Tausendblumenteppich genauer ansehen. Ich habe da einen bestimmten Verdacht.«

»Braucht ihr dazu eine Informatikerin?«, fragte Michelle, die sich den Abend bereits anders eingerichtet hatte.

»Unbedingt«, sagte Heinrich. »Wir entschlüsseln einen Code.«

Michelles Augen glänzten.

»Ich bleibe hier«, sagte sie, »und übertrage das, was ihr erkennt, auf eine Bildschirmvorlage. Ich gebe Nicole das Headset fürs Handy mit, dann bleiben wir in ständigem Kontakt.«

So streiften sie denn zu dritt durch die Ausstellung, bewunderten die Cäsarteppiche und die darin verwobenen verwirrenden, figurenreichen Darstellungen von Legenden und geschichtlichen Ereignissen. Schließlich standen sie vor dem Tausendblumenteppich. Nicole kommentierte alles getreulich und laut in ihr Headset, damit Michelle mithören konnte. Das hatte zur Folge, dass der kleine Trupp die Aufmerksamkeit der Museumswärter auf sich zog und von anderweitig unbeschäftigtem Aufsichtspersonal auf Schritt und Tritt überwacht wurde – erst recht, als sie sich dem kostbarsten Stück der Burgunderbeute näherten.

»Es sind nur die oberen beiden Drittel erhalten«, erklärte der Historiker. »Der Teppich wurde, wohl weil er als Kriegsbeute zu schwer war und ihn einer allein nicht tragen konnte, in drei Teile zerschnitten.«

»Vielleicht ist es das, was wir finden sollen«, sagte Nicole, und ins Mikrofon: »Sieh nach, ob es Hinweise gibt, wo der fehlende Teil abgeblieben sein könnte.«

»Die Farben wirken etwas verblasst«, sagte Heinrich, »und tausend Blumen sind es auch nicht, selbst mit dem fehlenden Teil.«

»Das stimmt«, erklärte Jenzer. »Philipp der Gute hat 1466 eine vollständige Zimmerausstattung von Blumenteppichen bestellt, acht an der Zahl, man nannte sie ›tapisseries de verdure‹ in Anspielung auf den grünen Grund, auf dem die unzähligen Blumen blühen. Die gelbe Farbe ist allerdings im Laufe der Jahrhunderte verblasst, sodass die grünen Partien nun blau erscheinen. Aber im abgedunkelten Licht spielt das keine Rolle. Konzentriert euch auf die leuchtenden Elemente, die Metallfäden und Seidengarne.«

Tatsächlich erinnerte die Stimmung im Saal an ein Feldherrenzelt im Fackelschein, zumindest konnte man es sich vorstellen. Silbern und golden glänzten die Teile des burgundischen Wappens, das ursprünglich im Zentrum der Tapisserie gestanden hatte, nun aber nach unten verrutscht war. Die Kette des Ordens vom Goldenen Vlies mit den gegeneinander gestellten Feuereisen lag um das Wappen wie um einen Hals. Und der schlaffe Körper des toten Widders hatte es gerade noch auf die mittlere Hälfte des Teppichs geschafft. In den Blüten hingegen glänzten die Seidenfäden, die in höchster Kunstfertigkeit in das Gewebe eingearbeitet waren.

»Sucht irgendein Muster, das sich als Code eignen könnte«, gab der Historiker in Auftrag. »Denkt daran, dass es im unteren Teil wiederholt oder ergänzt werden könnte.«

»Meine botanischen Kenntnisse lassen zu wünschen übrig«, sagte Heinrich bedauernd. »Es rächt sich irgendwann, wenn man in der Schule nicht aufpasst.«

»Ich glaube, es sind die roten Blumen, die ein Muster ergeben«, erkannte Nicole, »die anderen wirken eher zufällig verteilt.«

»Wir sollten die verblassenden Farben nicht außer Acht lassen«, ermahnte Jenzer.

»Genau deswegen«, erläuterte Nicole. »Die Teppichmeister haben bestimmt gewusst, welche Farben schneller als andere durch den Lichteinfall abgeschwächt werden. Wenn überhaupt eine Botschaft im Teppich steckt, dann muss man sie aus den Farben ablesen können, die die Jahrhunderte am besten überdauert haben.«

Alle drei kniffen die Augen zusammen, was die bedrohliche Wirkung für die Wärter erhöhte. Nervös nestelten sie an den kleinen Funkgeräten, die sie an einer Gurtschlaufe trugen, und achteten darauf, dass das Trio der Tapisserie nicht zu nahe trat.

»Ich erkenne nichts Gegenständliches«, sagte Nicole nach einer kurzen Pause. »Hingegen kommt mir durchaus bekannt vor, was ich sehe.«

»Das ist jetzt etwas kryptisch«, reklamierte Heinrich Müller.

»Schon. Es ist ja auch ein Rätsel oder ein Code.« Sie starrte weiterhin den Teppich an. Plötzlich sprach sie ins Mikrofon: »Michelle, gewisse Blütenkombinationen erinnern mich an Sternhaufen und Galaxien. Leg mal ein Bild des Nachthimmels, wie man ihn um 1460 in Belgien gesehen haben könnte, mit schwarzem Hintergrund unter den Tausendblumenteppich und skaliere es so lange, bis es passt. Oben links läge vielleicht der Große Bär, die Deichsel gegen die Helmzier.«

»Heureka!«, schrie Michelle ein paar Minuten später. Archimedes hätte es nicht schöner intonieren können. Allerdings hörte es nur Nicole.

»Es passt«, sagte diese zu den beiden Männern. Zur großen Erleichterung des Aufsichtspersonals suchten die drei den Ausgang der Ausstellung und ließen die Burgunderbeute unbeschädigt zurück.

»Es ist also wirklich eine Sternkonstellation abgebildet?«, fragte der Historiker. »Bemerkenswert.«

»Es sind Herrschaftszeichen«, versuchte sich Heinrich, »die möglicherweise immer wieder vorkommen. Wir müssen also nach weiteren Mustern suchen …«

»Und nach dem, was sich wiederholt«, ergänzte Nicole, »oder was im Vergleich zur Sternkarte fehlt. Darin liegt eventuell der Schlüssel zum Verständnis.«

SAMSTAG, 28.9.2013

Heinrich Müller fläzte sich in der sanften Nachmittagswärme in seinen Liegestuhl im Garten und ließ sich von einer heimtückischen Teilmüdigkeit überwältigen. Er beförderte den Stuhl in die waagerechte Position und schloss die Augen, schreckte aber sogleich wieder hoch, weil etwas gegen seinen Bauch prallte. Der war zwar füllig genug, um dergleichen Crashtest zu bestehen, war jedoch auf die vier Pfoten von Mathilda nicht gefasst. Die Katzendame legte sich der Länge nach hin, das Hinterteil gegen Heinrichs Kopf, der hellbraun-rötlich getigerte Schwanz schmeichelte um seinen Hals, die Krallen suchten Halt in seinen Oberschenkeln, und der unter dem leisen, beruhigenden Schnurren bei jedem Atemzug vibrierende Fellkörper wärmte seine Haut.

Im *Schwarzen Kater* war eine erneute Besprechung angesagt. Jung vergorener Apfelwein, dessen Schaum über die Ränder der Karaffe quoll, sollte das frisch gebackene Birnbrot begleiten. Süß und sauer als Herbstsymphonie. Nicole richtete den Tisch her, Beat Jenzer traf eben ein, nur Michelle Broccard ließ auf sich warten. Als sie die Bar betrat, schwenkte sie einen zerknittert und beinahe unleserlich wirkenden Zeitungsausriss, den sie lange in der Hand gehalten haben musste.

»Ulrich Habsburg will in Österreich die Adelstitel wieder einführen, damit er sich *von* nennen darf. Es steht, seit 1919 sei es verboten, Adelsnamen zu tragen oder jemanden als Grafen oder Fürsten anzureden. Ulrich sei der Nachkomme des letzten Kaisers und ehemaliger Politiker der Grünen. Wenn das so weitergeht, wollen die Linken in der Schweiz einen König einführen.«

»Die Eidgenossen haben schon früher die Geschichte Europas verändert«, murrte Jenzer, »warum sollten sie es nicht wieder tun? Im Zurückdrehen der Zeit sind sie jedenfalls Weltmeister.«

»Wir werden es zu verhindern wissen«, erklärte Nicole und schenkte Apfelwein ein.

»Nein, danke«, sagte der Historiker, »ich habe bereits einen nervösen Darm.«

»Und ich möchte ein Ghüratnigs«, sagte Michelle.

»Was ist das denn?«, wollte Nicole wissen.

»Eine Mischung zwischen süßem und saurem Most«, erklärte Müller. »In der Ostschweiz ein todsicheres Mittel gegen schwerste Verstopfungen.«

Baron Biber tat so, als ob er auch ein wenig Flüssigkeit läppeln mochte, zog dann aber angewidert seinen Kopf zurück, als ihm Heinrich sein Glas vor die Nase hielt.

»Was haben wir seit gestern herausgefunden?«, wollte der Detektiv wissen.

Beat Jenzer begann: »Wir sind bis jetzt stets davon ausgegangen, dass wir einfach an einem verborgenen Ort ein Schriftstück zum Beispiel in der Art eines Testaments finden müssten, um damit die Grenzziehung in Europa neu zu regeln.«

»Was stimmt daran nicht?«, fragte Nicole.

»Jede Art von Text ist auch schon gefälscht worden. Denkt nur an die Konstantinische Schenkung als berühmtestes Beispiel«, erklärte er. »Im 8. Jahrhundert hat die päpstliche Kanzlei ein Dokument aufgesetzt, aus dem hervorging, dass der römische Kaiser Konstantin im 4. Jahrhundert aus Dankbarkeit für seine Heilung vom Aussatz dem römischen Bischof Silvester Folgendes versprochen hatte: Rom solle die führende Kirche sein, der Papst solle die Kaiser ernennen, also über der weltlichen Macht stehen, und Ländereien in Italien erhalten. Konstantin selber zog sich an den Bosporus zurück in die Stadt, die seither seinen Namen trug: Konstantinopel, heute Istanbul.«

»Das hat aber nichts mit Karl dem Kühnen zu tun«, warf Nicole ein.

»Nein, nicht direkt. Aber erst in der ersten Hälfte des 15. Jahrhunderts konnte die Fälschung entlarvt werden. Das bedeutet, es war den Menschen durchaus bewusst, dass gerade Herrschaftsansprüche sehr wohl auf unechten Schriften beruhen konnten. Das wiederum bedeutet, dass es zusätzlich zum Dokument, das wir noch nicht in Händen halten, einen Gegenstand geben muss, der an die Echtheit glauben lässt oder dem Besitzer Macht verleiht.«

»Und was könnte das sein?«, fragte Müller.

»Das Siegel, das Alessandro Hess besaß, wäre schon einmal hilfreich.«

»Aber es ist verschwunden«, sagte Nicole.

»Oder in den Händen der Auftraggeber im Hintergrund. Das heißt, wir spielen ihnen mit dem schriftlichen Dokument das benötigte zweite Element in die Hände.«

»Oder es ist etwas anderes, etwas Bedeutenderes«, erklärte der Historiker. »Ein Teil aus der Burgunderbeute, an den noch niemand gedacht hat, der noch nicht gefunden worden ist oder der als verschollen gilt.«

»Und wenn das Teil in einem Museum liegt?«, fragte Michelle.

»Wenn es einen Museumsraub gibt, werden wir davon Kenntnis haben. Aber ich glaube«, sagte Heinrich, »in diesem Fall hätten sie zuerst dieses Einzelstück geholt. Das ist am einfachsten, denn das können sie ohne Hilfe selber erledigen.«

»Aber es ist nicht effizient«, wandte der Historiker ein. »Die anderen Elemente sind bedeutsamer, weil sie noch niemand zu Gesicht bekommen hat. Um das Stück im Museum könnte man sich später kümmern, denn es läuft dort nicht weg. Aber ich denke, es geht um einen anderen Gegenstand.«

»Mach's nicht so spannend«, sagte Michelle und rutschte auf dem Stuhl hin und her.

»Um legitimiert zu sein, das Erbe anzutreten, muss man als Herrschaftszeichen die Kette des Ordens vom Goldenen Vlies besitzen«, erklärte Jenzer.

»Die gibt's doch bestimmt in jedem Museum«, behauptete Michelle.

»Ein vollständiges Exemplar ist bekannt aus dem Kunsthistorischen Museum Wien, aus der Weltlichen Schatzkammer. Das ist die Standardkette, die jeder Ritter des Ordens besaß, davon mag es noch weitere Exemplare geben. Die als Kettenglieder fungierenden Feuereisen verhaken sich mit ihren kronenähnlichen Fortsätzen gegenseitig ineinander, verbunden von Feuerstrahlen mit Amethysten oder einem anderen bläulichen Halbedelstein in ihrem Zentrum. Unten in der Mitte hängt der Widder mit dem goldenen Fell. Diese Kette ziert auch das Porträt Karls des Kühnen, eine Kopie nach Rogier van der Weyden, die im Kunsthistorischen Museum Wien hängt.«

»Passt doch bestens«, meinte Nicole.

»Eben nicht!«, deklarierte der Historiker. »Im Original des flämischen Malers, das in Berlin im Besitz der Gemäldegalerie der Staatlichen Museen ist, trägt er zwar denselben nüchternen schwarzen Rock, aber die Kette ist nicht dieselbe! Sie ist in Gold gefertigt, weist aber keinerlei zusätzlichen Schmuck auf, weder Feuerstrahlen noch Edelsteine, und die Feuereisen sind waagrecht versetzt ineinander verhakt. Diese Kette ist der wahre Garant für das Erbe Burgunds!« Er geriet außer Atem, fuhr jedoch fort: »Außerdem muss auf dem Dokument die echte Unterschrift Karls zu lesen sein. Er war einer der wenigen Machthaber seiner Zeit, die das Lesen und Schreiben beherrschten. Sucht also nach einem Charles, einer Signatur mit Kraft und doppelt unterstrichenen Buchstaben, der eine Strich vom h, der andere vom abschließenden s ausgehend.«

Heinrich Müller trank genüsslich seinen Apfelwein und bewunderte die unerwartete Energie, die der Historiker an den Tag legte.

Inzwischen hatte Michelle Broccard einen Beamer installiert und die Projektion ihres Desktops an die Wand neben der Bar im *Schwarzen Kater* geworfen. Nicole musste noch ein paar Grafiken entfernen, die für eine private Verkaufsausstellung an der Wand hingen. Als alle gebannt auf den Sternenhimmel blickten, begann die Informatikerin mit ihren Erläuterungen: »Was ihr seht, ist der Himmel über Flandern im Sommer. Da ich den genauen Termin der Planung für den Tausendblumenteppich nicht kenne, habe ich eine Annäherung vorgenommen. Nun blende ich die Sternbilder ein.«

An der Wand leuchtete im Dickicht der Nachtlichter eine Menge an zusammenhängenden Linien auf, die helle Punkte miteinander verbanden.

»Ihr erkennt wohl den Polarstern und den Kleinen Bär oder Wagen, dessen äußersten Achspunkt er bildet, den Großen Bär oder Wagen daneben, vielleicht auch noch die Venus. Achtet nun auf diesen zusammenhanglos wirkenden Sternhaufen im Südosten.«

Alle Linien und Lichter verschwanden, übrig blieben vier kleinere Haufen mit seltsamen Formen. Michelle rückte sie nun ins Zentrum.

»Unübersichtlich«, murrte Jenzer.

»Wart's ab«, entgegnete Michelle. »Das untere, flache Bild nennt man ›Kiel‹, die Pyramide darüber ›Segel‹, das rechts, das aussieht wie ein Pferd, heißt ›Achterdeck‹, und die drei einzelnen Punkte ›Kompass‹. Jetzt passt auf!« Die leuchtenden Sterne lagen plötzlich über dem Tausendblumenteppich, jedenfalls zum größeren Teil, alle auf der rechten Hälfte. Dann spiegelte Michelle die Bilder, sodass sie deckungsgleich links auf die Blumen passten. »Zwei Bemerkungen«, sagte die Informatikerin. »Erstens ist der Kiel unvollständig. Er wird wohl auf dem fehlenden Drittel der Tapisserie zu finden sein. Möglicherweise ist er nicht ganz abgebildet, denn er war in Europa niemals als gesamte Konstellation zu sehen. Die halbe Nacht lang habe ich«, fuhr sie fort, »Zusammenhänge und Bezüge gesucht und Folgendes herausgefunden. Sitzt ihr gut?«

An der Wand wurden die vier einzelnen Sternbilder mit gestrichelten Linien zu einem Ganzen verbunden.

»Mitte des 18. Jahrhunderts hat Nicolas Louis de Lacaille die Sternbilder neu klassifiziert. Er hat dieses Bild in die vier heute bekannten aufgeteilt. Was ihr hier seht, ist von Ptolemäus eingeführt unter dem Namen ›Argo Navis‹, also ›Schiff Argo‹. Diese Bezeichnung galt bis in die Zeit unserer Burgunder, und sie wurde sinnvollerweise von der Argonautensage abgeleitet.«

»Das Fell des Goldenen Widders!«, staunte der Historiker.

»Dieses Sternbild ist als geheimer Code im Blumenmuster des Tausendblumenteppichs wiedergegeben. Beachtet nun die Tapisserie!«

Die Sternbilder verschwanden von der Wand, einzelne Punkte glühten etwas nach. Michelle veränderte die Farbdichte, sodass die roten Blüten noch stärker hervortraten.

»Ich sehe es!«, schrie Heinrich beinahe. »Der Kompass fehlt auf dem Teppich.«

»Das ist es«, flüsterte Nicole. »Wenn wir irgendwo die drei Sterne finden, leiten sie uns zum Versteck!«

Am späteren Abend vertiefte sich Heinrich bei einer Flasche Taurasi, in dessen warmem, leicht harzigem Geschmack er das antike Griechenland vor sich sah, in die Sagenwelt der Hellenen. In uralten Zeiten waren die Zwillinge Phrixos und Helle auf dem Rücken des Widders Chrysomallos vor ihrer Stiefmutter, die sie töten wollte, nach Kolchis an die Ostküste des Schwarzen Meers geflüchtet. Helle stürzte allerdings ins Meer. Ihr Bruder Phrixos aber opferte den Widder dem Zeus und hängte das Fell im Hain des Kriegsgottes Ares auf, wo es von einem niemals schlafenden Drachen bewacht wurde. Jason erhielt von seinem Onkel Pelias, dem Herrscher über Thessalien, den Auftrag, das goldene Fell zurückzuholen. Er stellte eine wagemutige Truppe von ungefähr 50 Helden zusammen, zu denen auch Herakles, Orpheus, Kastor und Pollux, Augias, Laertes und Laokoon gehörten.

Gegen die Intrigen des Königs Äetes, aber mit der Hilfe seiner zauberkundigen Tochter Medea gelang es Jason, das Fell zu stehlen. Nach monatelanger Irrfahrt und zahllosen überstandenen Gefahren gelangten sie wieder in ihre Heimat, wo Jason sein Versprechen einlöste und Medea ehelichte, nur um sie später zu verstoßen.

»Sehen sich die Burgunder in der Nachfolge der Argonauten?«, fragte Heinrich Nicole, nachdem er die ganze Geschichte rekapituliert hatte. »Da ist aber nicht viel christliches Gedankengut dabei.«

»Hauptsache Ehre, Ruhm und kostbare Güter.«

»Karl der Kühne ist den umgekehrten Weg gegangen: Bei Grandson verlor er das Gut, bei Murten den Mut und bei Nancy das Blut.«

SONNTAG, 29.9.2013

Eben wollte sich Heinrich Müller auf einen Spaziergang begeben, um seinen Überlegungen etwas Luft zu verschaffen, als das Klingeln des Telefons seine auf die Ermittlungen zentrierte Aufmerksamkeit störte. Heinrich wartete, bis Nicole zum Hörer griff und sich mit *Detektei Müller & Himmel* meldete. Bald drehte sie sich zu ihm um und sagte: »Dein Typ ist gefragt.«

Müller nahm den Hörer. Eine dunkle Stimme, die offensichtlich verzerrt war, vielleicht der Mund hinter einem Taschentuch versteckt, sagte kurz und knapp: »Wir treffen uns in zwei Stunden in den Englischen Anlagen beim alten Brunnen. Lassen Sie Ihr Handy zu Hause.« Die Stimme duldete keinen Widerspruch. Allerdings gab sie auch nicht kund, was der Zweck dieses unerwarteten Treffens sein würde.

Müller informierte seine Kollegin, und gemeinsam besprachen sie, ob er sich wirklich allein zu diesem Rendezvous begeben sollte. Aber dann überwog doch die Neugier, und er machte mit Nicole einen Treffpunkt beim alten Saunagebäude im Schwellenmätteli ab, sodass ihm für das Gespräch genau 20 Minuten Zeit blieben.

Immerhin informierte er Markus Forrer von der Police Bern über seine Absichten, der darauf versprach, zwei Beobachter, einen beim Bärenpark und den anderen unterhalb der Kunsthalle, zu platzieren, um Müller eine gewisse Sicherheit zu gewähren und eventuell die Identität des Anrufers herauszufinden. Daraufhin machte sich Heinrich auf den Weg.

Der späte Morgen war sonnig und friedlich. Müller spazierte vom *Schwarzen Kater* bis zur Kaserne, überquerte einmal den Fußballplatz hinter dem Militärgebäude und gelangte zur Papiermühlestrasse, der er bis zum Rosengarten folgte. Dann begab er sich quer durch den Obstberg, links und rechts durch die Quartierstrassen bis zu einer Treppe und einem schmalen Weg, der ihn über den Muristalden zum Kollerweg führte, wo er einen Einstieg in die Englischen Anlagen kannte.

Ein seltsamer Name für diese Waldlandschaft, dachte Müller. Er wusste auch nicht, woher der Name kam. Aber als er vorher auf dem Plan nachgeschaut hatte, wo sich der Brunnen genau befand, las er anhand der unzähligen Wege, Stegen und Treppen, dass es früher durchaus nicht nur Wald, sondern ein gepflegtes Naherholungsgebiet am für eine Überbauung zu steilen Aareufer gegeben hatte. Diese Anlagen waren in den 1870er-Jahren durch die Gesellschaft, die damals das Kirchenfeld überbaute, errichtet worden, inzwischen aber großteils zerfallen, nur die Wege führten durch lichten Baumbestand.

»Wie erkenne ich Sie?«, hatte er den Mann am Telefon gefragt.

»Keine Angst. Ich erkenne Sie!«, hatte dieser geantwortet.

Nun also folgte Heinrich einem schmalen Wanderweg, der glücklicherweise trocken war und ihn schließlich zum kleinen Platz vor dem bemoosten Brunnen führte, der kein entzückendes Wasserspiel mehr bot. Es gab nicht einmal eine Bank, um sich hinzusetzen. So stand er da und harrte der Dinge, die da kommen sollten.

Das Laub der Bäume hing noch beinahe vollständig an den Ästen und verhinderte allzu neugierige Blicke sowohl in den Wald hinein als auch auf die Altstadt hinüber. Aber er hatte sowieso nicht allzu lange Zeit, um sich Gedanken über die Aussicht zu machen, denn bald schon stand jemand neben ihm, ein langer Kerl, schlaksig, mit einem anthrazitgrauen, zugeknöpften Regenmantel, einem schwarzen Filzhut und einer Sonnenbrille. Die Karikatur aus einem Agententhriller. Dass der Mann allein war, beruhigte Müller. Allerdings erkannte er nicht, ob er unter seinem Mantel eine Waffe trug und ihm damit gefährlich werden konnte. Deshalb vertraute der Detektiv darauf, dass ihm der Treffpunkt im öffentlichen Raum die notwendige Sicherheit bot und dass der Verschnitt eines George Smiley nicht ausrastete. Schließlich wollte er seine finale Lebensgestaltung nicht von einem fehlgeleiteten Geheimdienstler bestimmen lassen, der zu viele Spionageromane von John Le Carré gelesen hatte.

»Sie brauchen sich nicht zu fürchten«, sagte der Fremde. »Noch nicht. Wenn Sie unseren Anweisungen Folge leisten, wird weder Ihnen noch Ihrer Partnerin das Geringste geschehen. Im Gegenteil, wir werden Sie reich belohnen.«

»Wer ist wir?«, wollte der Detektiv wissen.

»Das tut nichts zur Sache. Denken Sie daran, wie wir Sie heute gefunden haben, werden wir Sie auch in Zukunft kontaktieren können. Wir sind über Ihre Schritte im Bild.«

»Es wäre einfacher, mir Ihre Handynummer hier zu lassen«, versuchte es Müller.

Der Mann lachte. Es war ein kehliges Glucksen, das kein echtes Vertrauen einflößte. »Wir überwachen doch nicht den gesamten E-Mail- und Handyverkehr der Welt, um uns dann selber beschatten zu lassen. Nein. Der einzige halbwegs sichere Weg, über den wir uns verständigen können, ist das Festnetztelefon.«

»Schreiben können Sie nicht?«, fragte Müller respektlos.

Wieder lachte der andere. »Glauben Sie, wir hinterlassen Ihnen beweiskräftige Dokumente?«

»War einen Versuch wert«, sagte Heinrich.

»Gut. Lassen Sie uns zur Sache kommen. Wie gesagt, ich werde nicht genauer ausführen, wen ich mit ›wir‹ meine. Sie können aber davon ausgehen, dass es sich vorerst um befreundete Staaten handelt, die sich für Ihre Arbeit interessieren. Die Gegenseite, die es in unserem Gewerbe zur Genüge gibt, ist noch nicht auf Ihre Spur gekommen. Aber es wird nicht mehr lange dauern, denn die Interessen in diesem Fall sind vielfältig. Wie Sie ja bestimmt schon festgestellt haben, geht es um eine Menge. Sie haben sich mit Enrico da Silva verständigt«, fuhr der Mann fort, »und Sie haben sein Schicksal erfahren. Kein schönes, muss ich sagen. Und – zumindest diese Mitteilung werde ich Ihnen weiterreichen – wir sind für den tragischen Ausgang verantwortlich. Wie soll ich es Ihnen erklären? Herr da Silva arbeitete in unserem Auftrag. Wenigstens haben wir das so gesehen. Unglücklicherweise war er anderer Meinung. Er wollte auf eigene Faust sein Glück in die Hand nehmen und die gewonnen Erkenntnisse zum besten Preis an den Meistbietenden verkaufen. Leider hat er übersehen, dass es nicht um eine Versteigerung handelt, sondern um handfeste politische Interessen.«

»Und welche Seite dieser Interessen vertreten Sie?«, wollte Müller wissen.

»Sagen Sie mir erst, wie weit Sie mit Ihren Erkenntnissen fortgeschritten sind, dann reden wir über die höheren Ziele.«

»Nun gut«, meinte Müller. »Erkenntnisse gegen Erkenntnisse. Das ist offenbar ein Teil geheimdienstlicher Arbeit. Nicht mein Ding, Sie wissen, ich bin Detektiv für Versicherungsangelegenheiten.«

Der Mann lachte wieder. »Hoffentlich haben Sie eine Lebensversicherung für sich abgeschlossen, denn hier haben Sie eine Kategorie zu hoch gegriffen.«

»Sie können mir ja dabei helfen«, sagte Müller. »Der einzige Auftrag, den ich erhalten habe, hat darin bestanden, einen bestimmten Gegenstand zu suchen. Dieser Gegenstand hat sich als Schlüssel für weitere Fundstücke herausgestellt. Dann besitzen Sie die zweite Hälfte des Siegels?«, fragte Müller.

»Ach ja, das Siegel«, seufzte der Mann. »Es sollte ursprünglich zur Identifizierung unserer Kontaktperson dienen. Wer die beiden Hälften zusammenbringt, ist zur weiteren Schatzsuche legitimiert, denn das Siegel – aber das wissen Sie bereits – ist der Schlüssel zu Bedeutenderem.«

»Was ist aus Ihrer Sicht dieses Bedeutende?«, wollte Müller wissen.

»Wir gehen von einem Dokument aus, das uns Zugang zu Informationen liefert, dank denen ein paar Mächtige auf dieser Welt erpressbar werden.«

»Dafür brauchen Sie doch kein mittelalterliches

Dokument«, sagte Müller. »Dafür reichen doch ein paar Nutten, etwas Alkohol, ein paar Linien Kokain, dann haben Sie die Leute in der Hand.«

»Romantische Vorstellungen, denen Sie da nachhängen«, sagte er, lüpfte kurz seinen Hut, unter dem ein glatt geschorener Schädel sichtbar wurde. »Die Zeiten einer Mata Hari sind längst vorbei. Natürlich kann man Menschen gefügig machen mit Drogen und Alkohol, auch bei schönen Frauen plappern die Männer gerne ein bisschen mehr, als es nötig ist. Andererseits sind Politiker heutzutage geheimdienstlich geschult, und sie gehen selten allein auf die Straße. Die Geschichten aus der Zeit des Kalten Kriegs sind tempi passati. Die wirkliche Spionage heute wird über elektronische Dienste, über Satelliten, Himmelsfotografie und Ähnliches in die Wege geleitet.«

»Dann sind Sie ja ein Relikt aus alter Zeit, so wie Sie vor mir stehen«, meinte Müller.

»Das gerade nicht. Bei Menschen wie Ihnen wirkt der direkte Kontakt immer noch am besten. Ich glaube nicht mal, dass Sie Ihre E-Mails regelmäßig lesen. Aber Ihre finanzielle Situation lässt Ihnen keine große Wahl, wenn es um einen angemessenen Betrag für Ihre Arbeit geht. Hauptsache einer wie Sie versteht es als ehrliche Arbeit und nicht als Drecksgeschäft, dem er sich unterziehen muss. Natürlich, Sie haben ja Erfolge erzielt. Es ist Ihnen offenbar gelungen, das Siegel ohne die zweite

Hälfte zu rekonstruieren. Ich muss gestehen, das nötigt mir Respekt ab. Ich wäre nicht auf die Idee mit dem 3-D-Drucker gekommen. Woher ich davon Kenntnis habe, möchten Sie gerne wissen? Enrico da Silva hat vor seinem Ableben noch gehörig geplaudert.«

»Dann wissen Sie auch, was er in Murten gesucht hat«, sagte Müller. »Das wäre eine Information, die ich gerne hätte.«

»Er war auf der Jagd nach einem Gegenstand aus dem Schatz der Burgunderbeute. Warum er ihn in Murten gesucht hat, weiß ich selber nicht, da doch Karl der Kühne den größten Teil seiner Güter in Grandson verlor. Aber vielleicht ist es einem der Söldner gelungen, etwas Wichtiges mitzunehmen, und er hat es erst angesichts seines bevorstehenden Todes vor den Mauern von Murten versteckt. Mir ist nur klar geworden, dass da Silva das Gesuchte nicht gefunden hat. Deshalb wende ich mich nun an Sie.«

»Eines bringe ich noch nicht zusammen«, sagte Müller. »Enrico da Silva ist auf brutale Art ermordet worden, mit einem scharfkantigen, aber dennoch eher stumpfen Gegenstand von vorne. Das Blut muss doch nur so gespritzt haben. Das war keine sehr professionelle Arbeit, die Sie da geleistet haben.«

Der Unbekannte seufzte wieder. »Wem sagen Sie das! Ich war es nicht. Ich habe vorher mit da Silva gesprochen und ihm den Ernst der Lage klarmachen wollen, aber mein Begleiter war auf die Situation nicht vorbereitet. Schlechte Angewohnheit. Er zog dann ein Schweizer Armeesackmesser aus der Tasche, öffnete in der Aufregung die kleinere Klinge und richtete ein Blutbad an, wie Sie ja sicher bemerkt haben. Ich werde nicht mehr mit ihm zusammenarbeiten. Sie haben recht, das ist nicht unser Stil.«

»Aber die Finger dreckig machen wollten Sie sich auch nicht«, konterte Müller.

»Nein. Nicht an einem wie Enrico da Silva. Ich hatte in meinem Leben schon größere Probleme zu lösen, und glauben Sie mir, es ist selten befriedigend, einen Menschen zu töten, schon gar nicht, wenn er nicht ein unmittelbarer Feind ist. Aber zurück zu Ihnen. Wenn ich richtig verstanden habe, geht es in diesem Dokument um eine Neuordnung der politischen Grenzen in Europa. Nicht dass wir glauben, dass daraus wirklich Ernst wird, denn auf der einen Seite sind die Grenzen der Nationalstaaten seit dem Zweiten Weltkrieg gesetzt, die werden Sie nicht einfach so neu in die Landkarte zeichnen können. In diesem Sinne wird niemand ein solches Schriftstück wörtlich nehmen. Andererseits gibt es im Hintergrund der Nationen Interessensgruppen, die gerne von einem unsicheren Zustand profitieren würden, die einen politisch, die andern finanziell, und es stehen da doch erkleckliche Beträge zur Diskussion.«

»Wie viel?«, schoss Müller dazwischen.

»Wir reden von Milliarden. Wenn die Staaten in der Lage sind, in die Rettung ihres Bankensystems, das einen Kollaps verdient hätte, Hunderte von Milliarden zu investieren, so werden sie wohl auch in der Lage sein, ein paar Dutzend Milliarden lockerzumachen, um eines der bestgehüteten Geheimnisse der europäischen Geschichte weiterhin ein Geheimnis bleiben zu lassen.«

»Das heißt, Ihr Auftrag lautet eigentlich nicht, das Dokument zu finden, sondern im Gegenteil, es nicht zu finden.«

»Das ist nicht ganz richtig. Unser Auftrag ist es, das Schriftstück sicherzustellen, es an uns zu nehmen, seine Bedeutung abzuwägen, und es für den Fall, dass es die Stabilität Europas gefährdet, zu vernichten.«

»Und dafür brauchen Sie mich?«, fragte Müller.

»Nicht unbedingt. Allerdings haben Sie sich sehr geschickt angestellt, verschiedene Informationen geschichtlicher oder kultureller Art zu sammeln. Als Amateur denken Sie und Ihre Partnerin an Dinge, von denen unsere Überlegungen weit entfernt liegen. Wir haben eine ganz bestimmte Vorstellung davon, wie Ermittlungen ablaufen und wer von ihnen profitieren soll. Diesen Vorstellungen unterliegen Sie nicht, Sie können befreiter denken und führen uns eventuell schneller auf den Weg. Noch besser. Sobald Sie das

Schriftstück gefunden haben, werden Sie mich kontaktieren.«

»Geben Sie mir eine Telefonnummer?«, fragt der Detektiv.

»Nein, ganz altmodisch kriegen Sie den Schlüssel eines Schließfachs, in dem Sie eine Nachricht oder gleich das Dokument selber deponieren können. Wir werden das Schließfach alle 24 Stunden überprüfen. Die Angelegenheit ist ja nicht derart dringlich. Sie hat jetzt 500 Jahre warten können, also wird es auf ein paar Tage mehr oder weniger nicht ankommen. Es wird Ihr Schaden nicht sein, wenn Sie mit uns zusammenarbeiten.«

»In welcher Höhe gedenken Sie den Schaden abzugleichen?«, erkundigte sich Heinrich.

»Eine Million? In gebrauchten kleinen Scheinen? Tönt das für Sie vernünftig?«

»Na. Wenn Sie von mehreren Dutzend Milliarden Euros gesprochen haben, ist ein Zehntel Promille nicht gerade fürstlich«, sagte Müller.

»Stimmt. Aber immer noch besser als eine Kugel in der Brust oder als ein Leben ohne Partnerin«, brummte er.

»›Besser als‹ war noch nie eine sinnvolle Option«, sagte der Detektiv. »Woher weiß ich, dass Sie auf der richtigen Seite sind? Immerhin bin ich in dieser Angelegenheit schon von mehreren Leuten kontaktiert worden, und es haben nicht alle diese Geschichte überlebt.«

»Ach. Sie kennen jemanden, der in diesem Geschäftsfeld immer noch aktiv ist?«

»Wenn man anonyme kryptische Nachrichten dazuzählt, ja.«

»Haben die Ihnen auch eine Belohnung versprochen?«

»Da ist was dran«, sagte Müller, »die haben mir hauptsächlich gedroht.«

»Damit kommen wir zum zweiten Teil unserer Abmachung. Sollten Sie sich ernsthaft in Gefahr wähnen, sind wir in der Lage, Sie zu beschützen.«

»Da reicht aber ein Schließfach nicht«, reklamierte Müller. »Dann muss es schneller gehen.«

»Ich sehe, auch da haben Sie wieder recht. Ich gebe Ihnen doch eine Festnetznummer. Sie ist für den absoluten Notfall gedacht. Wenn Sie das Gefühl haben, wir müssten innert einer Viertelstunde einspringen, rufen Sie diese Nummer an. Es wird sich keiner melden, aber wir rufen Sie sofort zurück.«

Der Schmächtige steckte ihm mit knochigen Fingern eine Visitenkarte zu, auf der nur eine Zahl in blauer Schrift stand. Dann verabschiedete er sich und verschwand behände zwischen den Bäumen.

Es war Heinrich Müller, als hätte er die Sense gerade noch einmal mitgenommen.

MONTAG, 30.9.2013

»Gestern hast du noch behauptet, die Geheimdienste kommunizierten nicht mehr über E-Mail. Komm doch mal her!«, rief Nicole so laut durch die offenen Türen der *Detektei Müller & Himmel*, dass es Heinrich in der Bar unten hören konnte, wo er die beiden Katzen fütterte.

Es dauerte ein wenig, bis er oben ankam und sie sagen konnte: »Schau dir das an!«

Der Absender der Mail war wiederum verborgen, aber der Inhalt kam den beiden sehr bekannt vor:

›Siehe da, den Behemoth, den ich geschaffen habe wie auch dich! Er frisst Gras wie ein Rind. Siehe, welch eine Kraft ist in seinen Lenden und welch eine Stärke in den Muskeln seines Bauches. Sein Schwanz streckt sich wie eine Zeder; die Sehnen seiner Schenkel sind dicht geflochten. Seine Knochen sind wie eherne Röhren; seine Gebeine wie eiserne Stäbe. Er ist das erste Werk Gottes; der ihn gemacht hat, gab ihm sein Schwert.‹

»Das Buch Hiob«, sagte Nicole. »Das ist das Tier, das Gott mit seinem Gegenstück Leviathan zur Züchtigung der Menschen geschaffen hat und das später umgedeutet wurde zum teuflischen Wesen, zum Mundschenk der Hölle. Aber am Ende aller Zeiten, nach der Schlacht von Armageddon, kommt es zum Kampf zwischen Behemoth und Leviathan. Gott erschlägt die beiden mit seinem Schwert und gibt das Fleisch den Rechtschaffenen zur Nahrung.«

Heinrich schaute sie an, als ob sie den Verstand verloren hätte.

»Guck nicht so«, sagte sie. »Steht alles in der Bibel. Na ja, fast. Ein paar Sachen sind apokryphen und altjüdischen Texten entnommen oder gar späteren satanistischen Schriften. Aber offensichtlich haben wir es mit diesem verdrehten Denken zu tun. Also befass dich lieber damit.«

»Das ist doch nur vorgeschoben, bis jetzt kam nichts Biblisches vor, also auch nicht sein Gegenteil.«

»Du vergisst«, gab Nicole zu bedenken, »dass der Orden vom Goldenen Vlies über die Essenz des Lebens verfügen soll. Daran sind auch Satanisten interessiert. Sie mögen nicht dieselben Ziele verfolgen wie die Geheimdienste, aber hermetisches Wissen begeistert selbst sie.«

»Gut«, gab Heinrich nach. »Was schreiben sie?«

»Was gibt es Wertvolleres als deine Seele? Wisse, sie gehört heute schon unserem Meister. Aber das Tier ist gefräßig, es hungert nach der Nahrung von lebendem Fleisch und dürstet nach dem Blut seiner Feinde.

Du hast neun Tage Zeit, uns die Dokumente zu übergeben, die du dir unrechtmäßig angeeignet hast. Denn wisse, drei mal drei ist die Zahl des Teufels. Lieferst du jedoch innert dieser Frist keine Ergebnisse, möge dir als Strafe das Auspeitschen mit der neunschwänzigen Katze eine Lehre sein, die du dein Leben lang nicht vergisst!«

»Idioten«, murrte Heinrich. »Soll ich gleich die Geheimdienste auf sie ansetzen? Es wird ein Leichtes sein, den Absender dieses Schwachsinns herauszufinden.«

»Der Feind meines Feindes ist mein Freund?«, fragte Nicole süffisant.

»So weit wollen wir nicht gehen.«

»Dennoch solltest du die Drohung ernst nehmen«, sagte seine Partnerin. »Ich würde dich ungern an Satanisten oder Geheimdienste verlieren.«

»Das ist ein Lichtblick«, erkannte Heinrich. »So was sagst du zum ersten Mal, seit ich dich kenne. Darauf genehmigen wir uns eine Flasche Champagner.«

Nicole nickte. »Aber vom Besseren.«

Als die Gläser gefüllt waren und sie auf die bisher erfolgreichen Ermittlungen angestoßen hatten, wurde Heinrich wieder ernst und sagte: »Was mir wirklich Sorgen bereitet, ist der Eindruck, dass wir unser Handeln nicht mehr in den eigenen Händen haben. Ich habe stets das Gefühl, einen Schritt zu spät zu kommen. Bei Alessandro Hess war das klar, da wussten wir noch nichts von der ganzen Geschichte. Selbst das Schicksal von Enrico da Silva hätte man verhindern können.«

»Er hat sich selber in Gefahr begeben«, konterte Nicole.

»Schon, aber wir hätten ihn warnen oder begleiten können. Spätestens nach dem Diebstahl des Stundenbuchs und dem Brand im Historischen Institut wussten wir, dass es gefährlich wird. Aber dass ein windiger Geheimdienstler über fast jeden unserer Schritte informiert ist und dass sich auch noch Satanisten einmischen, beunruhigt mich sehr.«

»Ich glaube, die bluffen alle nur. Der Spion, der ja noch nicht mal sagen will, auf welcher Seite er steht, hat seine Daten von da Silva erpresst und sie mit seinen allgemeinen Erkenntnissen verknüpft. Einzig die Behemoth-Anhänger passen nicht ins Bild, da sie erst in einem fortgeschrittenen Zeitpunkt des Auftrags ins Spiel gekommen sind.«

»Das sind entweder die Erben von da Silva, die er mit Informationen gefüttert hat, oder es sind Dritte, die irgendwie Kenntnisse von unseren Unternehmungen bekommen haben. Ist der Computer von Michelle abhörsicher?«

»Gibt es das in den heutigen Zeiten überhaupt noch? Aber es wäre dennoch ein großer Zufall«, gab Nicole zu bedenken, »wenn ausgerechnet jemand dort Daten abgezogen hätte, ohne vorher darüber Bescheid zu wissen. Vielleicht sollten wir uns auch, wie die russischen Geheimdienste, wieder eine alte Schreibmaschine zulegen, eventuell gibt es eine, die mit Strom betrieben wird?«

»Trotz aller Zweifel glaube ich nach wie vor, dass wir einen kleinen Vorsprung haben. Wir müssen den Spieß umdrehen und den nächsten Schritt machen.«

»Wie stellst du dir das vor?«, fragte Nicole. »Wir beide gegen den Rest der Welt?«

»So sieht es aus.« Er nahm einen Schluck. »Irgendwo steckt in unseren Überlegungen ein Fehler. Sonst hätten wir das Testament bereits gefunden – falls es denn existiert.«

»Vielleicht haben wir einfach am falschen Ort gesucht«, gab Nicole zu bedenken. »Dank der Sternenkarte haben wir einen neuen Hinweis. Was glaubst du, wo wir den anwenden können?«

»Es muss also irgendwo einen Sternenhimmel geben, der den Zustand der Sternbilder im Mittelalter anzeigt …«

»Und die fehlenden drei Sterne des Kompasses hervorhebt, damit wir wissen, dass wir am richtigen Ort sind.«

»Na, nicht damit *wir* es wissen«, sagte Heinrich. »Es galt eigentlich für die Himmelskundigen früherer Jahrhunderte. Von denen muss doch einer auf die Anomalie gestoßen sein.«

»Es müsste; nach unserem früheren Ausschlussverfahren kommen nur steinerne Gebäude infrage, die vor 1476 gebaut worden sind. Das können fast nur Schlösser, Kirchen und Klöster sein.«

»Kirchen …«, sagte der Detektiv. »Kapellen! Ich habe schon mehrmals gesehen, dass es an der Decke von Kapellen ein Sternenzelt auf blauem Grund gibt. In der Kirche von Orbe aber nicht. Also müssen wir weiter suchen. Was haben wir außer Acht gelassen?«

»Nimm eine Karte, ich suche Bilder im Internet!«, befahl Nicole.

»Yverdon hatten wir bereits ausgeschlossen, in Orbe haben wir das Stundenbuch gefunden. Das Schloss Champvent kurz vor Orbe gehörte engen Verbündeten der Burgunder, wurde von eidgenössischen Truppen dem Erdboden gleichgemacht und erst später wiederaufgebaut. Das Gleiche gilt für das Schloss in La Sarraz weiter Richtung Lausanne. Bleibt also sinnvollerweise nur die Abtei in Romainmôtier. Sie liegt am Nozon, der ein enges Tal bildet, etwas abseits der

Hauptroute. Wir haben sie schon einmal in Erwägung gezogen. Vielleicht waren die Mönche politisch nicht gebunden und die Eidgenossen hatten Respekt vor der Geistlichkeit.«

»Also, du weißt, was wir morgen zu tun haben. Austrinken!«

DIENSTAG, 1.10.2013

Heinrich Müller lenkte seinen anthrazitfarbenen Opel Astra über die Autobahn von Yverdon Richtung Lausanne, nahm kurz vor Orbe die Abzweigung nach Besançon und fuhr durch die Jurawälder hinauf bis zur zweiten Ausfahrt. Über eine verwirrende Kreuzung stach er geradeaus auf eine kleine Kiesgrube zu und folgte einem schmaler werdenden Sträßchen, das in mehreren engen Kurven ins Tal hinunterführte. Les Clées war sein Ziel, ein schmuckes Dörfchen, das zu seiner Überraschung tief im Einschnitt des Flüsschens Orbe um die Ruine eines Schlosses herum gebaut war, einige Höfe, ein Restaurant, eine Brücke.

In zwei scharfen Rechtskurven fand er den Weg hinaus aus dem düsteren Tale und folgte der Route de Vallorbe. Im Kontrast zur melancholischen Stimmung, welche die abweisenden Jurahäuser unten am Fluss erzeugt hatten, öffneten die Höhen wenige hundert Meter weiter oben den Blick auf die gesamte Alpenkette, schneebedeckt und föhnnahe leuchtend. Über Bretonnières und Croy und ein paar weitere enge Kurven fand er Romainmôtier, wo er eingangs des Dorfes den Wagen abstellte.

Nicole und Heinrich spazierten die Hauptstraße hinunter, wollten keinesfalls den Eindruck erwecken, sie seien etwas anderes als gewöhnliche Touristen, die an einem freundlichen Herbsttag die Cluniazenserkirche besichtigten. Im Shop eingangs des ehemaligen Klosterbezirks kauften sie gar einen Führer, der Auskunft über die Bau- und Glaubensgeschichte der Abtei gab. Ihm entnahmen sie, dass die heutige Stiftskirche etwa um das Jahr 1000 erbaut worden war, dass es einen Vorgängerbau aus dem 6. Jahrhundert gab und dass die wichtigsten Teile aus dem 14. und 15. Jahrhundert stammten.

»Es ist die früheste Klostergründung auf dem Boden der heutigen Schweiz sowie eines der bedeutendsten romanischen Bauwerke«, las Heinrich vor. »1536 wurde es nach der Eroberung der Waadt durch die Berner säkularisiert und in eine reformierte Pfarrkirche umgewandelt.«

Das dreischiffige Langhaus betörte die Eintretenden mit schlichter Pracht. Zwei Säulenreihen trennten das Haupt- von den Nebenschiffen, Licht fiel von oben durch die Halbbogenfenster in den dicken Mauern aus gelblichem Jurasandstein.

Hinter ihnen, an der Eingangswand, sahen sie hoch oben Fresken mit einer Verkündigung und dem Lamm Gottes, über ihnen ein Kreuzbogengewölbe, verziert mit Ornamenten in Rot, Gelb und Blau, Pfeile und

Dreiecke, vor ihnen die Apsis, aus deren Fenstern weiteres Licht in den Raum fiel.

»Hier ist es«, flüsterte Nicole. »Das spüre ich. Da vorne links, die kleine Kapelle ist bemalt. Gehen wir hin.«

Inzwischen kamen sie am vom stetigen Gebrauch nachgedunkelten hölzernen Chorgestühl vorbei, unter dessen Sitzflächen – wenn sie hochgestellt waren – ihnen Monster und groteske Figuren entgegenblickten. Dann sahen sie es: Die linke Apsis des Chors war gleichzeitig eine Grabkapelle und von unten bis oben mit Fresken bemalt.

»Links in der leer geräumten Nische war der Prior Jean de Seyssel beerdigt, rechts im Liegegrabmal Henry de Siviriez«, entnahm Heinrich dem Führer. Dann betrachteten sie die Bilder. Es war wohl die Leidensgeschichte Jesu, in einem Block zusammengefasst, wenn auch wegen Fehlstellen schlecht erkennbar. Faszinierend hingegen die flächendeckende Dekoration. Die Wand war schachbrettartig aufgeteilt in Quadrate mit gelbem und weißem Hintergrund, ausgefüllt mit schwarzen und roten Punkten.

»Das müssen Millionen von Punkten sein, da hat sich einer Mühe gegeben«, sagte Heinrich.

»Und ohne erkennbaren Sinn«, ergänzte Nicole. Dann hörte sie seinen Ausführungen nicht mehr zu, erstarrte, blickte mit offenem Mund nach oben, streckte langsam die Hand aus, wies an die Decke und sagte nur ein einziges Wort: »Da!«

Auch Heinrich entdeckte nun den goldenen Sternenhimmel auf blauem Grund im Kreuzgewölbe. »Der Traum von den musizierenden Äffchen bewahrheitet sich«, staunte er.

Drei der Sterne im linken Viertel leuchteten etwas stärker als die anderen.

»Der Kompass«, stammelte Nicole.

Wenn man quer durch den Raum eine imaginäre Linie zog, zeigte sie genau auf das Grabmal des Priors Henry de Siviriez. Der Bildstein war bereits vor Jahrhunderten in zwei Hälften zersprungen und lag locker auf der Sargwand. Wo der Riss quer durch die Figur lief, klafften zwei Löcher im steinernen Gewand, die zum Anheben des Grabdeckels gedient hatten. Deshalb fiel es Heinrich Müller bereits beim ersten kräftigen Stoß leicht, den unteren Teil ein wenig zur Seite zu schieben. Nicole stand zuerst erschrocken daneben, musste nun aber auch zu Hilfe kommen. Gemeinsam schafften sie es, den Deckel wegzustoßen, bevor er mit einem Knall zu Boden fiel und in drei Bruchstücke zerbarst. Das Echo ließ die Kirche erbeben.

»Gleich kommt das ganze Dorf angelaufen«, sagte Nicole. Aber es blieb ruhig.

Im Sarg lag … jedenfalls kein Heiliger, es waren

keine Dokumente zu finden ... es zeigte sich ein dunkles Loch.

»Im Mittelalter war es üblich, die Reliquien an hohen kirchlichen Feiertagen in einer Prozession durch die Orte zu tragen. Aber auch die Pilger und alle Leute, die auf ein Wunder gehofft haben, haben sie in die Hand genommen und geküsst«, erklärte Heinrich.

»Du willst damit sagen, die Leute hätten vertrocknete Leichenteile an ihre Lippen geführt?«

»Genau das. Sie haben sogar bis weit in die Zeit der Aufklärung hinein zerriebene ägyptische Mumien als Salbe auf Wunden gerieben oder als Pulver geschluckt. Als die Mumien auszugehen drohten, hat man frische Leichen nach einem Schnellverfahren ...«

»Keine Details!«, rief Nicole.

»Du bist doch sonst nicht so empfindlich ...«, triezte Heinrich sie. »Jedenfalls ... wenn sie hier den ganzen Prior regelmäßig herausgehoben haben, war das Grab darunter jeweils zugänglich, während man nicht hineinkam, wenn die Leiche ...«

»Ich hab's verstanden!«, wehrte sich Nicole. »Aber wo ist der Tote heute?«

»Zerfallen? Umgebettet? Egal. Hauptsache, der Weg ist frei.«

Müller leuchtete den Sarkophag mit der Taschenlampe aus, sodass das Licht auf ein paar schmale Stufen fiel, die in die Tiefe führten.

»Du willst da runtersteigen?«, fragte Nicole, und er spürte ihr Entsetzen.

»Du auch«, brummte er nur. »Oder willst du warten, bis die Jäger das Wild erlegt haben?«

Nicole hatte einen temporären Kloß im Hals. »Wir sitzen in der Falle, sobald sie den Einstieg gefunden haben. Denn den Deckel können wir nicht zurückschieben, der ist zu schwer. Führt denn der Gang irgendwo hin?«

»Frag nicht. Meine Sorge ist eher, dass wir da unten zu wenig Sauerstoff haben könnten.«

»Sehr beruhigend. Ein Himmelfahrtskommando also. Passt zu einer Pilgerkirche«, seufzte Nicole. »Du zuerst!«

Der Detektiv stieg in den Sarkophag. Es war kaum genug Platz. Links und rechts scheuerte er an schrundigem Kalkstein, riss sich das Hemd auf und hustete vom jahrhundertealten Staub, den er aufgewirbelt hatte.

»Guter Plan«, reklamierte Nicole, als sie Heinrich hinterher stieg.

Stufe um Stufe tastete er sich voran. Die Taschenlampe war nutzlos, solange er die Hände nicht frei hatte. Außerdem schluckte die Dunkelheit fast jedes Licht.

»Es ist kühl hier unten«, sagte Müller. »Und ich spüre einen leichten Luftzug. Es gibt also irgendwo einen Ausgang.«

»Und wenn es nur ein Loch in der Decke ist? Am Ende stehen wir in einer tiefer gelegten Grabkammer, in einer verborgenen Krypta.«

»Abenteuerreise inklusive«, sagte Heinrich und lachte, aber es klang hohl.

Die Treppe nahm eine Wendung nach links, etwa im rechten Winkel zum Chor. Nach gut 30 Stufen erreichte Müller flachen Boden. Vor ihm lag ein Gang, der wesentlich breiter war und einem Mann genügend Platz ließ, wenn er sich bückte. Heinrich leuchtete in die Tiefe.

»Ich sehe 20 Meter weit«, erklärte er Nicole, die hinter ihm noch auf der Treppe stand. »Es geht leicht abwärts, Richtung Fluss, wenn ich mich nicht täusche.«

»Dann los!«, schrie ihm Nicole ins Ohr, denn sie hörte Geräusche in der Abteikirche.

Heinrich stolperte durch den Gang, der am Anfang noch gemauert war, bald aber aus gestampfter Erde bestand. Nur mühsam kam er vorwärts, hier war ein Stück der Decke zu Boden gefallen, dort sickerte Wasser ein.

»Sie sind da«, flüsterte Nicole und klang dabei wie das Orakel von Delphi.

Auch Müller hörte nun zaghafte Schritte auf den Treppenstufen, sah aber kein Licht. Er löschte seine Taschenlampe, denn er hatte gesehen, dass es noch ein paar Meter geradeaus ging. Langsam tastete er sich voran. Nicole hielt sich an seiner Hose fest.

Dann stieß er mit seinem Kopf gegen die Wand und schrie kurz auf. Hinter ihnen Stille. Die Verfolger lauschten auf die Geräusche.

Sie hörten leises Trappeln.

Leicht schräg verlief der Gang weiter nach unten. Die Krümmung reichte, um das Licht für die Verfolger abzuschirmen. Nun ging es zügig voran. Müller hob Wurzelwerk aus dem Weg, das sich durch die Decke gebohrt hatte.

»Allzu tief unter dem Boden sind wir nicht«, murmelte er, während er Nicole den Weg frei machte. Sie stieg an ihm vorbei. Im schmalen Lichtkegel machte sie in paar zögerliche Schritte.

Heinrich löste sich von den Wurzeln, stolperte, hielt sich am letzten Geäst.

Dann wurde es Nacht.

Hinter ihm war die Decke eingebrochen, hatte den Gang zu zwei Dritteln verschüttet. Müller stürzte und ließ die Lampe fallen, die unter der Erde verschwand. Dann befreite er seinen Fuß, den er aus dem Schuh gerissen hatte. Schmerz durchzuckte seine Ferse.

Nicole hielt seine Hand fest, während er sich aufrichtete. Beide zitterten.

Er hielt sie umklammert.

Sie küsste sein Gesicht, den Staub und Dreck darauf, und dann seinen Mund. Dabei strömten Tränen der Erleichterung über ihre Wangen.

»Jetzt haben wir sie abgeschüttelt«, sagte der Detektiv.

»Du bist gut«, lachte Nicole. »Wir stecken in einem Gang voller Morast fest, kennen den Ausgang nicht, und du bist erleichtert.«

Und es gab doch ein winziges Pünktchen Licht, das vom Boden her aus der Erde drang. Heinrich buddelte seine Taschenlampe aus. Es konnte weitergehen.

Hinter sich hörten sie zwei Männer fluchen. Offenbar schaufelten sie mit den Händen in der Erde, kamen allerdings nicht weiter.

Der Tunnel war nun noch breiter geworden. Nicole und Heinrich gingen nebeneinander. Weit konnte es nicht mehr sein bis zum Flüsschen Nozon.

»Halt!«, sagte Nicole. »Da ist doch was. Die Wand fehlt.«

Müller leuchtete in eine Nische, groß genug, um einen kleinen Altar zu beherbergen. Eine hölzerne Figur, von der alle Farbe abgeblättert war, bewachte eine Schatulle von der Form eines Hauses, etwa 25 Zentimeter lang.

Das Holz der Statue war nass. Sie würde zerbröseln, wenn man sie aus der Nische entfernte. Die Schatulle hingegen wirkte stabil. Müller nahm sie an sich. Sie war mit einem Schließmechanismus geschützt, den er am Licht erst begutachten musste.

»Meinst du, sie haben das damals … vor unbefugtem Zugriff hierher gerettet?«, fragte Nicole beinahe atemlos.

»Möglich. Wir wissen es erst, wenn das Kästchen offen ist.«

Er leuchtete die Nische gründlich aus, aber es war nichts weiter zu finden.

»Jetzt aber raus hier!«, befahl er.

»Ich bin dabei«, entgegnete Nicole. »Du weißt, auf abenteuerlichen Wegen folge ich immer den Männern, denn sie wissen, was sie tun.«

Müller seufzte, denn er hatte keinen Plan. »Es gibt nur eine Richtung«, sagte er nach kurzem Zögern.

»Hoffentlich gibt es auch einen Ausgang. Ich zweifle, ob uns hier unten jemand suchen wird.«

Aus weiter Ferne kroch ein dumpfes Grollen durch den Tunnel und eine leichte Druckwelle verstopfte die Ohren wie bei einer rasenden Passfahrt.

»Sie haben den Deckel geschlossen«, stellte Nicole fest.

»Ich wusste ja, dass Frauen pragmatisch sind …«

»Sie holen Verstärkung. Und wir sitzen fest.«

»Komm schon«, sagte Heinrich und zerrte sie mit sich fort, weiter den Gang hinunter.

Plötzlich waren die Wände wieder gemauert, Frischluft verdrängte den modrigen Geruch.

»Sie müssen mit der Grabrede noch warten«, sagte Müller.

Bald fanden sie sich vor einer Mauer aus Bruchsteinen wieder, die den Weg versperrte. Dahinter plätscherte ein Bach.

»Mach du«, sagte Nicole wie ein ungezogenes Kind, küsste Heinrich noch einmal auf den Mund. »Ich habe heute schon gearbeitet.«

Er übergab ihr das Kästchen und begann mit kräftigen Fußtritten, auf die Mauer einzuwirken. »Hoffentlich kennt niemand diesen Ausgang«, sagte er noch, bevor die ersten Steine ins Leere kullerten.

Bald hatte Müller eine Öffnung geschaffen, durch die er den Kopf stecken konnte.

»Direkt am Wasser«, stellte er fest. »Hinter Efeuranken versteckt. Offenbar war seit Menschengedenken niemand mehr hier unten.« Dann stieß er mit der Schulter gegen die Mauer, die so weit zusammenbrach, dass sich die beiden hindurchzwängen konnten. Sie waren im Wasserlauf des Nozon gefangen. Bei Hochwasser wäre der Tunnel überschwemmt worden, wenn nicht die Mauer dagegengehalten hätte.

Leider hatte keiner eine Kamera dabei. Zwei Menschen, Mann und Weib unbestimmten Alters, standen bis zu den Knöcheln im herbstkalten Wasser, das den Staub von ihren Füßen wusch. Der Rest der Körper war verdreckt, die Kleidung zerrissen.

»Wir wollten ja nicht auffallen«, sagte Nicole, bevor sie losprustete. »Hast du den Autoschlüssel?«

Müller steckte die linke Hand in die Hosentasche und sagte: »Ja.«

»Am besten gehen wir durch den Fluss, steigen weiter unten zur Straße hoch und gehen zurück bis zum Parkplatz am Eingang des Dorfes.«

»Das dauert zu lange. Wir müssen hier weg«, seufzte der Detektiv. »Da ist eine Treppe. Mit etwas Glück führt sie direkt zum hinteren Teil der Abteikirche. Dort gibt es einen direkten Durchgang durch die Gärten hoch zum Parkplatz.«

Dann gaben sich die beiden die Hand.

Dann rannten sie los.

Dann stolperten sie die Treppenstufen hoch.

Dann folgten sie dem Chemin Derrière-l'Eglise.

Dann ernteten sie erstaunte Blicke von einer spanischen Familie, die ihren Kindern die Augen zuhielten, damit sie die teuflischen Gestalten nicht sehen mussten.

Dann rannten sie durch zwei Gärten. Dort standen sie kurz still. Niemand folgte ihnen. Heinrich schüttelte seine Haare. Der Schlamm beschmutzte eine junge Dame, die im Bikini im Sonnenbad lag, erstaunt die Augen öffnete und loskreischte.

Dann stürzten sie an alten Grabtafeln vorbei.

Dann rannten sie unter dem Gefängnisturm durch

und die Hauptgasse hinauf, an verblüfften Touristen vorbei.

Dann stiegen sie, Dreck hin, Dreck her, in Heinrichs Wagen, er startete den Motor, überhörte das Signal, dass der Gurt nicht angezogen war, schrammte im Rückwärtsgang eine Steinmauer, stand voll auf das Gaspedal, kaum dass er den Vorwärtsgang eingelegt hatte, und hatte bereits auf 80 beschleunigt, als er die 50er-Tafel am Ortseingang sah.

Er bekam später ein Foto zugeschickt, mit dem er allen beweisen konnte, dass er in Romainmôtier gewesen war. Allerdings hatte er im Leben noch kein derart teures Foto erstehen müssen.

Bereits nach wenigen Kilometern spurte Heinrich in Croy auf die Autobahn und gab Gas. Kurz vor Yverdon stellte er fest, dass die lange Gerade hinter ihm leer blieb.

»Wir sind in Sicherheit«, stellte er fest. »Jedenfalls vorerst.«

Nicole lag neben ihm in tiefem Schlaf, übermannt von der Anstrengung.

Kurz vor Bern schreckte sie auf.

»Die Kette!«, schrie sie.

»Welche Kette?«, brummte Heinrich, darauf konzentriert, keine weitere Buße wegen Geschwindigkeitsübertretung zu bekommen.

»Die Kette des Ordens vom Goldenen Vlies. Wir haben sie vergessen!«

»Ich habe sie nirgends gesehen.«

»Ich glaube«, sagte Nicole ernüchtert, »sie hing um den Hals der Heiligenfigur, vor der das Kästchen lag. Jedenfalls erinnere ich mich an einen staubigen Umhang, den die Statue getragen hat.«

»Da wird sich Beat Jenzer freuen«, sagte Heinrich Müller.

Frisch geduscht und gegen den Schrecken mit einem Glas Absinthe La Clandestine versorgt, trafen sich Nicole und Heinrich im Büro der *Detektei Müller & Himmel*, wo das Kästchen aus Romainmôtier auf dem Schreibtisch lag, bewacht von Baron Biber, der darüber seine linke Pfote und darauf seinen Kopf gelegt hatte.

»Egal, was wir hier finden«, deklamierte der Detektiv, »wir geben es nicht mehr aus der Hand!«

Die Schatulle war zwar mit einem innenliegenden und für die damalige Zeit komplizierten Schloss geschützt. Es gab nirgends einen Schlüssel dafür. Aber da das Behältnis aus Holz mit metallenen Scharnieren gefertigt war, war es inzwischen morsch geworden. Außerdem gab es keine wertvollen Verzierungen. Deswegen nahm Müller einen Schraubenzieher und sprengte den Deckel weg. Im Innern maß das Kästchen etwa so viel wie eine längliche Pralinenverpackung.

Es lag ein staubiger Gegenstand darin, den Heinrich nun vorsichtig heraushob, auf die Tischplatte legte und mit einem Pinsel säuberte, den er üblicherweise für die Reinigung seines Rasierapparats nutzte. Nun saßen die beiden vor einem sorgsam gefalteten Brief, dem ein zerbröseltes Wachssiegel angehängt war, auf dessen Resten man jedoch unschwer ein Feuereisen erkennen konnte.

Müllers Finger waren feucht, das Gesicht schweißnass, er war überaus nervös. Auch Nicole wartete still auf die weiteren Ereignisse.

»Das ist Pergament«, sagte Heinrich, »gegerbte Haut von neugeborenen Kälbern oder Lämmern. Ich habe Angst, dass es mir unter den Fingern zerbröselt.«

»Es gehört in fachkundige Hände«, erwiderte Nicole tonlos, »dafür gibt es bestimmt ausgebildete Restauratoren.«

»Wir haben leider keine Zeit dafür. Du weißt, dass uns mindestens zwei Interessengruppen im Nacken sitzen.«

»Dann mach den Brief halt auf und lies ihn.«

»Das Lesen überlasse ich dir, du bist die Ethnologin.«

»Aber doch nicht Mediävistin«, murrte Nicole.

Heinrich Müller zupfte an der offenen Seite des Pergaments. Zu seiner Verblüffung ließ es sich ohne Widerstand öffnen. Auch die anderen Falze boten keine Probleme, sodass bald ein handgeschriebenes Dokument im Format von 20 mal 60 Zentimeter vor ihnen lag.

»Ein Wunder«, staunte Nicole.

»Wahrscheinlich hat die enorme Luftfeuchtigkeit dazu beigetragen, das Pergament geschmeidig zu halten.«

»Erstaunlich, dass kein Schimmel es zerstört hat.«

Irritiert warf Heinrich einen Blick auf sie. »Das hättest du früher sagen können. Wir hätten beim Öffnen zur Sicherheit Malermasken tragen sollen. Der Fluch der Pharaonen hat mit Schimmelpilzsporen eingesetzt.«

Nicole lachte und sagte dann: »Kann nicht schaden, dass du dich auch mal fürchtest, nachdem du mir mit dem Mumienpulver einen Schrecken eingejagt hast. Quitt?«

Sie stießen an, tranken einen Schluck und wandten sich wieder dem Brief zu.

»Ich erkenne die Unterschrift von Karl dem Kühnen. Siehst du dieses ›Charles‹? Ich habe es im Katalog der Ausstellung schon einmal gesehen. Aber der Rest … Ich erkenne einzelne Wörter, Orte, Städte, Landschaften, sehe aber keinen Zusammenhang.«

»Es ist sehr schön geschrieben.« Nicole deutete auf einzelne verzierte Buchstaben. »Der Text wird allerdings im Französischen des 15. Jahrhunderts verfasst sein. Wir brauchen einen Spezialisten. Vertraust du Beat Jenzer?«

»Seit das Stundenbuch verloren gegangen ist, nicht mehr völlig. Aber noch jemanden beiziehen, bringt nichts. Wir machen es so: Ich gehe zur Quartierdruckerei, mache ein paar Farbkopien und lege das Original in mein Bankschließfach.«

MITTWOCH, 2.10.2013

Beat Jenzer hatte sich am vorhergehenden Abend nochmals gemeldet. Sein Anruf kam überraschend, und Heinrich fragte sich, woher der Historiker Bescheid wusste, dass sie für ihn etwas Interessantes hatten. Der Verdacht lag nahe, dass die beiden Verfolger und Jenzer miteinander unter einer Decke steckten. Deswegen war Müller nicht wohl bei der Sache, auch weil sie von Beat zum Blutturm bestellt worden waren. Nachmittags um fünf, hatte er gesagt, aber nicht näher erwähnt, weshalb er diesen besonderen Ort für das Treffen ausgewählt hatte.

Der Blutturm, ein Teil der ehemaligen Befestigungsanlage der Stadt Bern, die den Mauerring unten an der Aare gegen das Wasser abschloss; ein dickes Sandsteingemäuer mit einem schmalen Durchgang, der von wenigen Männern kontrolliert werden konnte. Flussaufwärts war ein Überfall auf die Stadt nicht zu erwarten, auch entlang des damals nicht befestigten Flusses war es äußerst unwahrscheinlich, dass an dieser Stelle Feinde Bern angriffen. Deswegen war auch nur ein ganz kurzer Wehrgang mit wenigen Schießscharten gebaut worden, und der Turm selbst wirkte abweisend und kalt. Da er jetzt, Anfang Oktober, bestimmt nicht geheizt war, zogen sich Heinrich und Nicole warme Sachen an. Im Gemäuer aus dem 15. Jahrhundert, das wegen seiner Distanz zu bewohnten Gebäuden als Pulverturm und später als Leichenhalle genutzt worden war, hatten in den letzten Jahren Partys stattgefunden, also würde es darin nicht derart unwirtlich aussehen. Dennoch konnten sich die beiden nicht vorstellen, dass sich im Turm gut feiern ließ, gab es doch auch Gerüchte, dass er als Verlies und Folterkammer verwendet worden war, und man musste damit rechnen, dass man an diesem Ort Menschen getötet hatte. Eine ausgelassene Stimmung käme auch hier mit viel Absinthe nicht auf.

Müller und Himmel nahmen den Weg über den Bahnhof, gingen zu Fuß an dem Bollwerk entlang, wo früher die Stadtmauer gestanden hatte, und stiegen dann rechts von der Lorrainebrücke eine eiserne Treppe hinunter, die zu einem schmalen Weg führte, der hinüber wies bis zur Außenseite der übrig gebliebenen Mauer. Dort folgten sie einer steinernen Treppe bis hinunter zu einem neueren Durchlass, von dem aus sie auf der anderen Seite der Mauer direkt zum rekonstruierten Wehrgang gelangten. In der offenen Tür stand Beat Jenzer und erwartete sie bereits.

»Kommt rein«, sagte er und starrte mit geweiteten Pupillen auf die Ankömmlinge. »Ich habe zur Feier des Tages einen Aperitif vorbereitet.«

Die beiden stiegen in den Turm, in dem sie ein düsteres Gefängnis vermuteten, der jedoch durch eine Reihe von Kerzen hell erleuchtet war.

»Es gibt auch elektrisches Licht«, sagte Jenzer, »aber ich fand es dem Anlass angemessener, auf eine traditionelle Beleuchtung zurückzugreifen.«

Er schloss hinter den beiden die Tür mit einem schweren Schlüssel, den er auf den Tresen der Bar legte, die den Raum beherrschte.

»Damit uns keine Junkies stören«, erklärte er. »Die Stadt hat früher den Blutturm vermietet. Ich habe im Historischen Institut nachgefragt, wie ich an den Schlüssel komme. Also, ich bin gespannt auf eure Informationen.«

»Woher weißt du überhaupt, dass wir neue Erkenntnisse haben?«, fragte Nicole.

Jenzer lachte und erklärte: »Es spricht sich herum. Ihr seid nicht die Einzigen, die sich für das Testament Karls des Kühnen interessieren.«

»Das wissen wir bereits«, sagte Müller. »Was wir allerdings noch nicht wissen, ist, welche Rolle du in dem Ganzen spielst.«

»Dazu kommen wir später«, erklärte Jenzer. »Habt ihr die Kette?«

»Au, die Kette!« Nicole schlug theatralisch die Hände über dem Kopf zusammen. »Heinrich, ich habe dir doch gesagt, dass wir etwas vergessen haben.«

Jenzer schaute sie misstrauisch an.

»Wie du ja von deinen Informanten bestimmt erfahren hast, hat man uns nicht in Ruhe suchen lassen. Man hat uns verfolgt. Ich weiß nicht genau, an welcher Stelle der Tunnel, durch den wir geflüchtet sind, eingestürzt ist, ob die Verfolger die Nische, in der wir unsere Sachen gefunden haben, überhaupt noch erreichten, ob sie vorher von herabstürzendem Gewölbe gestoppt wurden, ob sie eingeschlossen worden sind, verschüttet … Wir haben von ihnen – zu unserem Glück – nichts mehr gehört.«

»Es waren zwei Männer. Ich kann euch versichern, sie sind mit dem Leben davongekommen. Allerdings haben sie große Mühe darauf verwendet, den Polizisten von Romainmôtier und den herbeigerufenen Kriminalpolizisten aus Yverdon Rede und Antwort zu stehen, was sie im Grab des Priors Henry de Siviriez zu suchen hatten. Man hat sie vorläufig in die Psychiatrie gesteckt.«

»Geschieht ihnen recht«, sagte Müller. »Auch du wirst noch einige Fragen zu beantworten haben. Zuerst schauen wir uns jetzt aber mal das Testament von Karl dem Kühnen an.«

»Wo ist die Kette?«, fragte Jenzer noch einmal, ohne auf Heinrich einzugehen.

»Die Kette, mein Lieber, wenn es denn diese Kette überhaupt gibt, hängt wahrscheinlich noch im Geheimgang, der vom Kloster Romainmôtier zum Flussufer führt.«

Nicole ergänzte: »Ich kann mich knapp daran erinnern, dass ich so etwas wie eine Kette um den Hals einer Heiligenstatue gesehen habe. Sie war allerdings eingepackt und nicht auf den ersten Blick als die Kette zu identifizieren, die du dir so sehr wünschst.«

»Anfänger!«, brummte Jenzer. »Nun gut, schauen wir das Dokument an und überlegen, ob es für etwas nützlich sein wird.«

Heinrich legte das Blatt auf den Tresen.

»Das ist eine Kopie«, sagte Jenzer. »Wieso habt ihr nicht das Original mitgebracht?«

Heinrich lachte. »Ich weiß inzwischen, dass du uns für blöd hältst, aber so blöd sind wir auch wieder nicht. Du hast schon einmal ein Originaldokument verschwinden lassen, das von unschätzbarem Wert ist. Glaubst du, wir vertrauen dir noch ein zweites an?«

Jenzer zuckte mit den Schultern.

»Kommt Zeit, kommt Rat.«

Dann nahm er es in die Hand. »Es ist doch ein Pergament, das Original?«, hakte er nach.

»Ja«, sagte Müller. »Und das Siegel weist eindeutig die gleiche Form auf wie dasjenige, das Alessandro Hess in seine Hand gepresst hatte.«

»Die Unterschrift stimmt auch. Also ist es das Testament Karls des Kühnen«, freute sich der Historiker.

»Damit ihr auch etwas davon habt, lese ich euch den Text vor.« Er begann, Wort für Wort aus dem Französisch des 15. Jahrhunderts ins Deutsche zu übersetzen, und dann las er die wichtigsten Sätze zur Sicherheit ein zweites Mal.

»Das Ganze beginnt, wie es damals üblich war, mit dem Namen der Person, die das Testament unterzeichnet hat, das bedeutet in diesem Fall mit den Namen aller Regentenrechte, die Herzog Karl der Kühne ausgeübt hat, eine lange Liste, die gleichzeitig das Territorium absteckt, über das er geherrscht hat. Dann beginnen die testamentarischen Verfügungen.«

»Wart mal, bevor du weiterliest«, sagte Müller. »Was geschieht eigentlich, wenn es gar kein Testament gibt?«

»Dann geschieht das, was in der Realität geschehen ist. Niemand konnte damit rechnen, dass beim überraschenden Tod Karls des Kühnen in der Schlacht von Nancy, nach der man mit Müh und Not seinen Leichnam identifiziert hat, auch ein Testament gefunden werden könnte. Er war offensichtlich von seiner Unbesiegbarkeit dermaßen überzeugt, dass er keines aufgesetzt hatte. Jedenfalls glaubte man das damals. So ist denn die Herrschaft Burgund mit der Vermählung von Maria, der Tochter Karls des Kühnen, mit Erzherzog Maximilian von Österreich an die Habsburger übergegangen und bildete zusammen mit seinen eigenen Gütern die Hausmacht für den späteren römisch-deutschen Kaiser Maximilian I. Natürlich mit Ausnahme der Ländereien, die der französische König Ludwig XI. an sich gerissen hat. Später – aber das würde jetzt zu weit führen, die ganze Geschichte aufzudröseln – ist die Herrschaft zwischen den beiden habsburgischen Reichen, dem spanischen und dem österreichischen, aufgeteilt worden. Schauen wir jetzt, was Karl selber zu seiner Erbfolge sagt. Das Überraschende, liebe Leute, kommt schon am Anfang. Er bestimmt hier Folgendes: *Das Reich im Süden, angrenzend an das Herzogtum Savoyen, umfassend folgende Ländereien: Die Freigrafschaft und das Herzogtum Burgund, die Grafschaft Nevers und die kleineren zugehörigen Gebiete überreiche ich in schmerzhafter Anerkennung ihrer kriegerischen Verdienste der Eidgenossenschaft unter der Führung des Staates Bern.*«

»Wie bitte?«, fragte Nicole. »Karl der Kühne will per Erbschaft die Hälfte seines Reiches seinen Gegnern vermachen? Was ist das denn für ein Kalkül?«

»Abwarten«, sagte Jenzer. »*Die Länder im Norden, betreffend die Herzogtümer Brabant, Geldern und Luxemburg sowie die Grafschaften Holland, Seeland, Flandern, Hennegau, Artois und angrenzende kleinere Gebiete gehen in die Hände des Ordens vom Goldenen Vlies. Der Rechtsnachfolger mag sich um sie kümmern.*«

»Da haben wir Erklärungsbedarf«, sagte Müller. »Das tönt nach einer simplen Fälschung.«

»Nicht unbedingt«, erklärte Jenzer. »Ihr müsst euch die Machtkonstellation zu dieser Zeit vor Augen halten. Europa war dreigeteilt. Im Westen das Reich des französischen Königs, im Osten Deutschland unter der Herrschaft der Habsburger, und dazwischen Burgund und seine Verbündeten in Savoyen, aber auch die Eidgenossenschaft, die ja durchaus mit den Burgundern bis zu der Auseinandersetzung mit Karl dem Kühnen rege Kontakte geknüpft hat. Die Eidgenossen haben eine undankbare Aufgabe übernommen. Sie haben sich nämlich für ein paar kleine Gebietsgewinne, Klöster und Burgen, die sie den Savoyern entrissen haben, zu den Gehilfen der Großmachtpolitik des französischen Königs gemacht, ohne dafür entsprechend entschädigt zu werden. Also hat Karl vielleicht angesichts der Niederlage von Grandson in aller Eile dieses Testament geschrieben und es so gut versteckt, dass nur er es wieder würde finden können. Er hat wohl jemandem Hinweise gegeben, wo es im Falle seines Ablebens gesucht werden müsste, aber wahrscheinlich war der Plan, dass er nach einer zweiten, diesmal siegreichen Schlacht gegen die Eidgenossen nach Romainmôtier geritten wäre und es eigenhändig wieder an sich genommen hätte. Dann wäre es vernichtet worden.«

»Ich begreife immer noch nicht den Sinn dieser Vergabe.«

»Wenn wir davon ausgehen, dass Karl in einem seiner depressiven Anfälle seinen Tod vor Augen hatte, dann musste er darauf achten, dass die europäische Gebietsverteilung nicht zugunsten des einen oder anderen Herrschers kippte. Natürlich dachte er in erster Linie an den französischen König, dem er seine Lande nicht überlassen wollte, denn Maximilian wäre ja durch die Heirat mit Karls Tochter Maria, die bereits besiegelt war, so oder so zu seinem Erben geworden. Aus machtpolitischen Gründen sah Karl aber offensichtlich die Eidgenossen besser geeignet, im südlichen Teil die beiden Großmächte auf Distanz zu halten. Und der Orden vom Goldenen Vlies sollte dasselbe im Norden bewerkstelligen. Machtpolitik über den Tod hinaus, sozusagen.«

»Und wer, bitte sehr«, fragte Nicole, »wird nun zum Empfänger des Testaments? Glaubst du, die heutige Schweiz wird Gebietsansprüche an Frankreich erheben, oder die beiden Großmeister des Ordens vom Goldenen Vlies, der spanische König und der Chef der Habsburger, würden sich die Gebiete ihres Erbes unter den Nagel reißen, also ein Königtum aus Holland, Belgien, Luxemburg und Nordfrankreich beanspruchen wollen? Das ist doch lächerlich!«

»Da habt ihr recht. So was wird nicht passieren.

Dafür sind in den letzten 500 Jahren zu viele Dinge geschehen. Aber das Problem, das sich nun stellt, ist, dass diese Ansprüche bestehen. Sie sind nie abgegolten worden, niemand hat auf sie verzichtet …«

»Weil auch niemand davon gewusst hat«, warf Müller ein.

»Das schon. Aber nun ist das Testament da. Es liegt vor. Es wird in die richtigen Hände gelangen, und dann werden Ansprüche gestellt. Sie werden wohl nicht in der Öffentlichkeit auf den Tisch gelegt, um Gebietsgewinne zu erreichen, wie das in früheren Zeiten der Fall gewesen wäre, sondern man wird hinter verschlossenen Türen über Abgeltungen verhandeln.«

»Es geht um Geld«, sagte Nicole verächtlich.

Jenzer lachte. »Es geht immer um Geld!«

»Und was erwartest du dir für einen Gewinn davon, wenn du jetzt in den Besitz des Originals kommst? Du bist ja weder der Vertreter der Eidgenossen noch gehörst du dem Orden vom Goldenen Vlies an.«

»Lasst uns zuerst einmal auf dieses sensationelle Dokument anstoßen«, sagte der Historiker und gab den beiden ein Glas Prosecco in die Hand.

»Gebäck steht bereit, bedient euch. Ich bevorzuge einen Single Malt Whisky, denn ich feiere lieber mit richtigen Getränken.«

Die Gläser klirrten, und sie nahmen alle drei einen tiefen Schluck.

»Setzt euch. Ich habe euch einen Satz, aber den entscheidenden, noch nicht vorgelesen. Er steht nämlich am Schluss: *Der Vollstrecker dieses Testaments soll der Träger des versiegelten Pergaments sein.*«

»Das heißt, wer das Original in den Fingern hat«, überlegte Müller, »besitzt den Anspruch auf das Verhandlungsmandat?«

»So sieht es aus«, erklärte Jenzer.

Nicole konnte nicht mehr ganz folgen. Sie war müde geworden.

»Natürlich würde es der Legitimation helfen, wenn die entsprechende Person – das bin ich«, er lachte laut, »auch im Besitz der Kette vom Orden des Goldenen Vlieses wäre. Da ihr ja nicht in der Lage wart, sie zu besorgen, werde ich noch einen Ausflug nach Romainmôtier machen müssen.«

Heinrich gähnte. »Glaubst du, die lassen dich noch mal ins Grabmal einsteigen? Die haben inzwischen doch bestimmt den Gang untersucht.«

»Wenn er so einsturzgefährdet ist, wie du gesagt hast, glaube ich nicht daran, dann werden sie ihn zuerst gesichert haben. Aber vielleicht wissen sie noch gar nicht, wo der Ausgang ist. Ich jedenfalls nehme den Hintereingang, auch wenn das Wasser im Oktober kalt ist. Auch das werdet ihr bald schon einmal bemerken. Denn wenn euch der Schlaf übermannt, wenn ihr träumt von den kalten Fluten der Aare, dann werdet ihr lange träumen.«

Da erst begriffen Nicole und Heinrich, dass Jenzer sie mit einem Schlafmittel im Getränk außer Gefecht gesetzt hatte. Sie waren bereits nicht mehr in der Lage, mit kontrollierten Aktionen zu reagieren, als ihnen der Historiker die Handys abnahm und ein letztes Wort an sie richtete.

»Ich hole mir jetzt zuerst mal das Original. Du wirst es bestimmt in deinem Büro liegen lassen haben.«

Müller gelang noch ein leises Lächeln. Dann sackte er auf dem Stuhl zusammen.

Jenzer fluchte, nahm die Kopie, verließ den inzwischen immer düsterer werdenden Raum, schloss die Tür hinter sich und verschwand.

Als nach ein paar Stunden die letzte Kerze heruntergebrannt war, erwachte Müller. Nicole schlief noch tief, halb aus ihrem Sessel herausgerutscht, und erzitterte immer wieder. Es war wohl die Kälte, die nun auch Heinrich zu schaffen machte. In seinem Kopf spielten himmlische Choräle oder Sphärenmusik, Baron Biber miaute vor Hunger, Mathilda schnurrte. Bald merkte Müller, dass es nur das Pochen des Blutes in seinen Ohren, das Rauschen des Flusses und das Heulen des Herbststurms in den offenen Luken im oberen Teil des Blutturms waren.

Die Aare kühlte das Gemäuer, und auch die leichte Wärme, die die Kerzen noch abgestrahlt hatten, entwich nun zusehends. Heinrich bemühte sich, zur kurzen Treppe zu gelangen, und rüttelte an der massiven Holztür, die allerdings nicht nachgab. Auch war das Schloss zu stabil. Er versuchte zu rufen, musste aber einsehen, dass auch dies nicht viel Sinn hatte. Dann gelang es ihm, auf seiner Armbanduhr die ungefähre Zeit abzulesen. Es war kurz nach Mitternacht. Niemand würde zu dieser Jahreszeit am Ufer spazieren gehen. Am frühen Morgen konnte man auf die ersten Hündeler rechnen, die ihre Gefährten ausführten, oder auf frühe Jogger, wenn das Wetter nicht allzu garstig war. Man musste sich also gedulden, keine Kräfte verschwenden.

Müller hatte Hunger. Er tastete nach dem Gebäck. Zum Glück hatte Jenzer es zurückgelassen. Ein paar Salzstangen und Erdnüsschen konnten zwar Müllers Gelüste nicht befriedigen, aber sie verhalfen immerhin zu einem kleinen Energieschub. Wasser war keines da, das das Salz des Gebäcks etwas abgemildert hätte. Beim Prosecco wusste er nicht, ob das Betäubungsmittel in den Gläsern oder in der Flasche gewesen war, also schien es ihm gescheiter, diese nicht anzurühren. Dann fand er den Whisky. Nicht ideal zum Durstlöschen. Trotzdem setzte er die Flasche an die Lippen und nahm einen tiefen Schluck.

»Wenigstens gut«, brummte er, mit einer leisen Anerkennung. »Das Originaldokument wirst du nicht finden und deine Ansprüche nicht geltend machen können, es sei denn …«

Plötzlich wurde sich Müller seiner Situation wieder bewusst. Solange sie hier von niemandem gefunden wurden – und wer sollte sie schon vermissen? –, konnte Jenzer mit seinen Helfern jederzeit wieder auftauchen. Falls es die Geheimdienstleute waren, kannten sie bestimmt eine Möglichkeit, an das Original zu kommen.

Aber wahrscheinlich hatten sie einen Tag Zeit, denn wie er Jenzer einschätzte, handelte er auf eigene Faust. Er würde versuchen, die anderen Akteure auf Abstand zu halten und ihnen nur so viele Informationen aufs Mal preiszugeben, wie er es sich eben leisten konnte. Außerdem musste er zuerst einmal nach Romainmôtier fahren. Die Kirche war erst am frühen Morgen wieder geöffnet. Dafür brauchte er Tageslicht. Mit ein wenig Glück also hätten sie 24 Stunden. Die brauchten sie auch, wie sich bald darauf herausstellte, denn es wurde fast Mittag, bis jemand auf ihre Schreie aufmerksam wurde und die Police Bern benachrichtigte.

Markus Forrer war bei den Polizisten, die sie schließlich befreiten. »Euch trifft man immer wieder an den sehenswertesten Lokalitäten«, sagte der Polizist.

Aber Heinrich und Nicole war wenig zum Lachen zumute.

»Wie ich euch kenne, habt ihr bestimmt etwas Dringendes zu erledigen und könnt mir gerade nicht erklären, wieso man euch im Blutturm eingeschlossen hat«, sagte Forrer.

»Das hast du wieder mal ganz richtig erfasst«, entgegnete Müller. »Aber ich glaube, für einmal können wir eure Hilfe gebrauchen.« Heinrich lud Markus Forrer und den Kriminalkommissar der Police Bern auf Mitte Nachmittag in sein Büro ein. Dort legte er die ganze Geschichte auf den Tisch, sprach über die Akteure, die noch auf freiem Fuß waren und fand in den beiden Polizisten erstaunlich aufmerksame Zuhörer.

DONNERSTAG, 3.10.2013

Heinrich Müller wählte die Telefonnummer, die ihm der Geheimdienstmann überlassen hatte. Eine dunkle weibliche Stimme meldete sich. Der Detektiv ließ ausrichten, er erwarte den Kontaktmann in einer Stunde, um 10 Uhr vormittags, auf der ersten Galerie des Münsterturms. Er überhörte jeden Protest und unterbrach die Verbindung.

Müller selbst schaffte es nur knapp bis zur auferlegten Zeit. Die 222 Stufen auf 46 Meter hinauf machten ihm zu schaffen. Der Schlaksige war vor Ort. Ihm fiel das Treppensteigen bestimmt leichter als dem Detektiv. Noch etwas außer Atem, legte er gleich los: »Haben Sie das wirklich nötig, einen Maulwurf bei uns einzuschleusen?«

»Sie sehen das etwas zu eng. Nicht Sie wollten wir kontrollieren, sondern diesen Jenzer. Sie haben ja erlebt, was geschieht, wenn er sich nicht mehr im Griff hat.«

»Ich denke eher, Sie haben ihm dazu geraten, uns ins Blutturm-Gefängnis zu stecken, uns zu betäuben und unsere Fundstücke zu stehlen.«

»Die Gegenstände gehören nun mal zum Erbe der Menschheit und nicht in private Hände.«

»So altruistisch? Und was ist mit den Milliarden, von denen Sie letztes Mal gefaselt haben?«

»Ist eigentlich schon öfter jemand vom Münsterturm gefallen?«, sinnierte der Dunkle.

»Ganz bestimmt«, antwortete Müller, »mit und ohne Beihilfe. Aber so naiv sind Sie nicht. Sie wissen ja, dass wir beobachtet werden.« Dennoch krampfte sein Magen bei diesen Worten. Müller selbst hatte ja diesen ausweglosen Ort gewählt.

»Wer redet denn von Ihnen? *Ich* bin der Versager. *Mir* wird man vorwerfen, ein hervorragendes Geschäft in den Sand gesetzt zu haben«, sagte der Mann. »Ihr Anteil am Verlust ist nicht gering zu bemessen. Aber letztlich habe ich auf das falsche Pferd gewettet. Dieser Historiker ist zu leicht zu beeinflussen. Ungesunde Selbstüberschätzung nennt man das wohl. Aber es ist Ihnen klar, dass nun auch für Sie keine Mittel mehr frei sind und Sie mit der Million nicht mehr rechnen können.«

»Sie besitzen doch immerhin eine Abschrift des Testaments«, wandte Müller ein.

»Genau. Und der arme Irre kriecht irgendwo durch einen dreckigen, finsteren Gang und sucht die falsche Kette.«

»Nicht mehr lange«, erwiderte der Detektiv. »Wieso die falsche Kette?«

»Glauben Sie wirklich an dieses Konstrukt mit den Äffchen im Stundenbuch, dem Sternenhimmel im Tausendblumenteppich und einem Testament, das den Eidgenossen Land zuschlägt? Meine Chefs sind realitätsnahe Männer der Tat, die können Sie mit solchem esoterischen Quark nicht beeindrucken. Die Schweiz und die Großmeister des Ordens vom Goldenen Vlies werden für diesen Schwachsinn keinen müden Euro rausrücken.«

»An wen hätte denn das Erbe fallen müssen, damit es glaubwürdig gewesen wäre?«

»Frankreich oder Deutschland, die ewigen Gegner auf dem Kontinent.«

»Sie wollen mir zu verstehen geben«, fragte Müller ohne Überzeugung, »dass ein Testament Karls des Kühnen zugunsten von Frankreich glaubwürdiger gewesen wäre?«

»Immerhin sind die Burgunder eine Seitenlinie des französischen Königshauses der Valois, sie gehören also zur Familie. Unter Verwandten streitet man gern.«

»Und das, nachdem Karl seine Tochter Maria mit Maximilian von Österreich vermählt hatte?«

»Um damit einen Ausgleich zwischen den Mächten zu schaffen. Was verstehen Sie schon von spätmittelalterlicher Machtpolitik?«

Müller ging nicht darauf ein und fragte: »Sie ziehen sich also aus dem Geschäft zurück?«

»Mit sofortiger Wirkung.« Der Fremde zog den Hut.

»Bekommen wir wenigstens das Stundenbuch wieder? Es ist unser Eigentum.«

Der Mann setzte wieder sein spöttisches Grinsen auf. »Es ist auch das einzige Pfand, das ich meinen Chefs gegenüber besitze, um nicht auch noch als Lügner dazustehen.«

»Und keine Entschädigung für die *Detektei Müller & Himmel*? Noch nicht einmal ein Schweigegeld?«

»Sie glauben doch nicht ernsthaft, dass irgendjemand die Absicht hatte, Sie finanziell zu beteiligen: Ich meine, über den Betrag hinaus, den Sie von unserer Seite bereits erhalten haben.«

»Von Enrico da Silva?«

»Genau. Übrigens: Falls Sie sich für die Details seines Ablebens interessieren, wenden Sie sich an Ihren Historikerfreund und sein gemeines kleines Armeemesser. Da hat er in seinem Berufseifer wohl etwas überzogen.«

»Und Alessandro Hess?«, fragte Müller, der das Gehörte erst noch verarbeiten musste.

»Der ist den inquisitorischen Methoden da Silvas zum Opfer gefallen. Berufsrisiko.«

»Ah ja. Streckbankerfahrung gehört zum Bewerbungsprofil.«

»Nicht ganz. Aber sie begrenzt die Gehaltszahlungen.«

»Sie selber machen sich die Finger nicht schmutzig!«, stellte der Detektiv noch einmal fest.

»Ich bin der Puppenspieler, der die Fäden in der Hand hält.«

»Bei dieser Vorstellung sind aber einige der Fäden gerissen!«

»Ich empfehle mich.« Der Mann im dunklen Mantel nahm die Wendeltreppe auf der rechten Seite, die als Abstieg diente. Heinrich Müller entschied sich dafür, die weiteren 90 Treppenstufen zur zweiten Galerie hochzusteigen, um für einmal seinen Frust ganz laut über die Altstadt von Bern hinauszuschreien. Es erleichterte ihn nicht.

Etwa zur gleichen Zeit stapfte eine kleine Einheit der Waadtländer Kantonspolizei durch die kühlen Wasser des Nozon auf den Ausgang es unterirdischen Stollens zu und stellte nach kurzem Augenschein fest, dass ganz frisch Steine ausgebrochen worden waren, um den Eingang zu erweitern, denn die Bruchstellen waren trocken, während die Umgebung vom morgendlichen Tau noch feucht war.

Am Tag des Einbruchs hatte man bereits den Deckel wieder auf das Grab geschoben und ihn fixiert, sodass er nicht mehr bewegt werden konnte. Erst gegen Abend hatten letzte Besucher erstickte Schreie aus dem Sarkophag vernommen und sich verstört an die örtliche Polizei gewandt.

Zwei Männer hatte man in erbärmlichem Zustand

aus dem Grab gehoben. Die beiden hatten behauptet, sie seien Mitarbeiter eines Geheimdienstverbunds westeuropäischer Staaten, eine hanebüchene Erklärung, der man weiter keinen Glauben schenkte. Man hatte die beiden ins nächstgelegene Psychiatriegefängnis im solothurnischen Deitingen verlegt, wo sie als nicht vernehmungsfähig galten, weil sie den lieben langen Tag unverständliches Zeug vor sich hin brabbelten. Auch hatte sich niemand von außen um sie gekümmert.

Nun war also schon wieder ein Irrer in den Fluchttunnel eingebrochen. In den Klosterunterlagen war immer mal wieder von einer unterirdischen Galerie die Rede gewesen, auch hatte man – wie in solchen Fällen üblich – von Schätzen gemunkelt, aber da kein Ein- oder Ausstieg gefunden worden war, wurde die Sache im Laufe der Jahrhunderte vergessen. Da unterirdische Fluchtgänge inzwischen aus rein praktischen Gründen aus der Mode gekommen waren, müsste man den neu entdeckten erst abstützen und dann zuschütten. Eine unerwartet teure Angelegenheit ohne unmittelbaren Nutzen. Keine Denkmalschutzbehörde würde dafür die Kosten übernehmen.

Beat Jenzer also hatte sich durchgekämpft, Schutt beiseite geräumt und die Batterien seiner Taschenlampe beinahe aufgebraucht, als er endlich die Nische fand, die ihm Heinrich Müller beschrieben hatte. Tatsächlich stand die morsche Statue noch an Ort und Stelle, was Jenzer in diesem Moment eher überraschte als erfreute. Es hing auch etwas um ihren Hals. Er packte beides ohne weiteres Nachdenken in einen mit Zeitungspapier gepolsterten naturfarbenen Jutesack, den eine ihm zugeneigte Kommilitonin im Institut vergessen hatte.

Es war keine Zeit zu verlieren. Vielleicht reichte tatsächlich die Kopie des Testaments zusammen mit der Kette als Legitimation aus. Jenzer hatte seine Erwartungen zwar heruntergeschraubt, aber über ein paar Millionen würde man reden müssen.

Er dachte immer noch ans Geld, als ihn das Licht der Polizeischeinwerfer am Ufer des Nozon erfasste. So sehr war er mit imaginärem Zählen beschäftigt, dass er nicht einmal wirklich realisierte, wie er von kräftigen Händen gepackt wurde und wie man ihm die eben errungenen Kostbarkeiten abnahm.

Es stellte sich heraus, dass die Marienstatue, denn um eine solche handelte es sich, eine Schutzmantelmadonna, um genau zu sein, dass diese Statue zwar aus dem 15. Jahrhundert stammte, aber viel zu lange der Feuchtigkeit ausgesetzt gewesen war, als dass man sie hätte retten können. Das vermeintlich goldene Geschmeide allerdings erwies sich bei genauem Betrachten als eine einfache Aufhängevorrichtung, die die Mutter Gottes aufrecht an ihrem Platz hätte halten sollen. Im Laufe der Zeit war sie heruntergefallen, der umgekehrt hängende Haken sah allerdings aus wie ein totes Schaf.

So konnte der Tunnel doch noch für eine archäologische Begutachtung hergerichtet werden. Ob man Spuren des burgundischen Herzogs finden wird, steht jedoch wie so manches in den Sternen.

»Du kannst das Pergament auf dem Markt für historische Papiere verkaufen«, erklärte Michelle Broccard. »Es ist eine Fälschung, immerhin eine Fälschung aus der Zeit.«

»Wieso bist du dir so sicher?«, fragte Nicole.

»Ich habe in meinen PC einen Brief von Karl dem Kühnen eingegeben und dann ein paar Algorithmen laufen lassen, die entscheiden sollten, wie einzelne Buchstaben geschrieben werden. Danach habe ich dasselbe mit dem Testament gemacht. Zugegeben, die Unterschrift sieht täuschend ähnlich aus, aber gerade bei den am häufigsten verwendeten Buchstaben gibt es zu viele Differenzen, als dass derselbe Schreiber dahinterstecken könnte.«

»Also gut«, folgerte Heinrich, »wir halten fest: Das Testament ist nicht von der Hand Karls des Kühnen geschrieben. Schließt das aus, dass er es diktiert und vielleicht selber unterschrieben hat?«

»Natürlich nicht. Aber ich habe dann einige bekannte Briefe und Vertragstexte aus der Zeit von

1450 bis 1500 durch das Programm laufen lassen. So viele gibt es ja nicht davon. Ich habe vorerst alle aussortiert, die nichts mit den Burgunderkriegen zu tun haben, dann eine Auswahl von Personen getroffen, die entscheidend beteiligt waren. Die Anzahl von Menschen, die leserlich schreiben konnten, war ja sowieso schon bescheiden. Da blieben nur noch wenige übrig. Und ich habe eine Übereinstimmung gefunden!«

»Die wirst du uns erst nach einer Überweisung von Lösegeld mitteilen, nehme ich an«, brummte Müller.

»Nicht so ungeduldig, Herr Detektiv«, sagte Michelle. »Jetzt hat es ja keine Eile mehr. Ihr dürft raten.«

»Wie, raten?«, wunderte sich Nicole. »Wie wär's mit einem Multiple-Choice-Verfahren? Wenigstens eine Anzahl möglicher Antworten?«

»Dann ist es zu einfach. Wer könnte von einem Testament wie dem vorliegenden einen Nutzen ziehen? Das ist doch immer die erste Frage eines Kriminalisten.«

»Natürlich die Erbbevorzugten, also die Eidgenossen und die Ritter des Ordens vom Goldenen Vlies. Aber weder die einen noch die anderen kenne ich namentlich«, antwortete Heinrich.

»Na gut, wenn ihr nicht raten wollt …« Michelle Broccard projizierte zwei Unterschriften an die Wand.

Die eine las sich klar und deutlich als ›Charles‹, wies eine druckvolle, ausschweifende Handschrift aus.

»Ein Herrscher eben, ein Gewaltmensch«, sagte Nicole. »Aber die zweite? Wirkt etwas verloren, fahrig, nicht gut lesbar. Und was sollen diese Hashtags am Ende?«

Michelle lachte. »Computer hatten sie noch keine damals, habt ihr jedenfalls behauptet. Ein Hashtag müsste ein Doppelkreuz haben, hier sehen wir nur einen waagrechten Strich mit einem parallelen senkrechten Doppelstrich. Ich weiß auch nicht, was das bedeuten soll. Stilisierte französische Lilien?«

Müller pfiff durch die Lippen. Er schien zu begreifen, worauf das Ganze hinauslief.

»Wenn ich es richtig entziffere, dann liest sich das untere ›Bubenberg‹, die obere Zeile müsste dann ›Adrian von‹ bedeuten.«

»An dir ist ein Detektiv verloren gegangen«, neckte Michelle ihn.

»Du willst also sagen, die Handschrift des Testaments von Karl dem Kühnen stammt von Adrian von Bubenberg?«, fragte Nicole. »Bist du sicher?«

»Ich habe mich noch ein wenig kundig gemacht, damit euch das Ganze nicht allzu spanisch vorkommt. Also: Adrian von Bubenberg ist um 1434 in Bern geboren und wurde Page am Hof Philipps des Guten, Vater von Karl dem Kühnen.«

»Demjenigen, der den Orden gegründet hat«, ergänzte Müller.

»Genau. Er heiratete eine Jacobea von Valangin, dem Schloss nahe Neuchâtel, die aber bald darauf starb. Dann ehelichte er Jeanne de La Sarraz. Das bedeutet, er kennt sich in der Gegend zwischen Neuenburg und Lausanne bestens aus. Daraufhin amtete er für Bern an verschiedenen Orten als Vogt, wurde Mitglied des Kleinen Rats und 1468 zum ersten Mal als Schultheiß von Bern gewählt, also als Bürgermeister. Diesen Posten hatte er später noch zweimal inne. Ich glaube von 1473-74 und von 1477-79.«

»Also nicht während der Burgunderkriege«, erkannte Müller.

»Richtig. Und dafür gibt es einen Grund. Als diplomatischer Gesandter hatte er enge Kontakte zu Savoyen, zu Burgund und zum Deutschen Reich. Sein Gegenspieler Niklaus von Diesbach hingegen befürwortete eine Allianz von Bern mit dem französischen König Ludwig XI., dem seine Familie verbunden war, gegen das Herzogtum Burgund. Als Adrian von Bubenberg dagegen opponierte, schloss man ihn am 10. Juli 1475 aus dem Rat aus und verbot ihm weitere politische Aktivitäten.«

»Am Anfang des militärischen Eingreifens von Bern stand also ein Familienkonflikt«, insistierte Nicole.

»So kann man es sagen«, erwiderte Heinrich. »Und

wie kam es zu dem erstaunlichen Wandel, dass Adrian von Bubenberg nur zwei Jahre später wieder Schultheiß war?«

»Wundersamerweise wurde er, der doch als Verbündeter Burgunds galt, im April 1476 zum Kommandanten der Truppen von Murten gewählt, also als Gegenspieler Karls des Kühnen. Bei der Schlacht von Grandson Anfang März war davon noch keine Rede. Merkt ihr was?«

»Du glaubst also, das gefälschte Testament Karls des Kühnen diente zur Rehabilitierung Adrian von Bubenbergs in den Augen der eigenen Landsleute? Aber wie soll er das bewerkstelligt haben, wenn erst wir das Testament gefunden haben?«, fragte Nicole.

»Er wird die gute Botschaft erst einmal mündlich verbreitet haben. Nach Grandson hat man ihm mit seinen Kontakten nach Burgund wohl gerne geglaubt, der Herzog würde den Eidgenossen Land vermachen, das er sowieso nicht halten kann. Nach der heldenhaften Verteidigung der Stadt Murten durch die eingeschlossenen Truppen unter Bubenbergs Führung war sein Ruhm so groß, dass man auf ihn in der Berner Machtpolitik nicht verzichten konnte. Da das Testament niemals auftauchte und die reale politische Lage sich gegen die Eidgenossen gewendet hatte, nachdem König Ludwig XI. bedeutende Teile des burgundischen Reiches inzwischen Frankreich einverleibt hatte, gerieten die Worte als unrealistisch bald in Vergessenheit. Adrian von Bubenberg verstarb im August 1479 und war deswegen nicht mehr in der Lage, seinen Schatz zu bergen.«

»Das wäre dann in der geschichtlichen Wahrnehmung so etwas wie die Konstantinische Schenkung der Schweiz«, freute sich Heinrich. »Darauf stoßen wir an!«

Es wurde ein goldener Herbstabend, sodass sich Nicole Himmel und Heinrich Müller in die Pergola des *Schwarzen Katers* setzen konnten. Für einmal hatten sie keine Lust zu kochen, so hatten sie eine Familienpizza mit Thon bestellt, damit auch die Katzen ihren Anteil bekämen. Ein italienischer Rotwein war bald gefunden, ein Nero d'Avola / Syrah-Blend aus Sizilien.

»Hast du etwas von Beat Jenzer gehört?«, fragte Nicole.

»Ja. Markus Forrer hat vorhin angerufen. Der Historiker sitzt in Untersuchungshaft und schreibt satanistische Briefe.«

»Dann wäre auch das geklärt«, stellte Nicole traurig fest.

»So schnell wird er die Menschheit mit seinen Traktaten nicht mehr belästigen«, meinte Müller.

»Trotzdem schade um den Kerl, er hat doch einiges im Kopf.«

»Nun sind wir einen weiten Weg gegangen«, sagte Heinrich zwischen zwei Schluck Rotwein, »von den putzigen Äffchen im Stundenbuch von Karl dem Kühnen bis zum gefälschten Testament des burgundischen Herzogs. Wir haben den Tausendblumenteppich neu interpretiert und das Sternenzelt zum ersten Mal genauer betrachtet. Und wir sind mit dem Leben davongekommen.«

»Und wieder einmal wird uns niemand für unsere Arbeit danken, wir erhalten keine Orden, unsere Dienste für den Erhalt des Friedens in Europa werden nicht geschätzt«, seufzte Nicole und strich sich durch ihre kurzen Haare, von denen das eine oder andere im milden Abendlicht einen leichten silbernen Glanz erhielt.

»Wenigstens sind die Anzeigen wegen Einbruchs, Kirchenraubs und Grabschändung zurückgezogen worden.«

»Wie willst du auch ein Grab schänden, in dem keiner mehr liegt?«, wollte sie wissen. »Noch nicht einmal das Stundenbuch ist uns geblieben, und mit dem gefälschten Pergament können wir auch nicht viel anfangen.«

»Ganz leer ausgegangen sind wir allerdings nicht«, sagte Heinrich mit einem spitzbübischen Grinsen.

»Wie meinst du das?«

»Ich habe dich. Und du kriegst etwas von mir. Ich bin gleich zurück!«

Nach zwei Minuten stand er hinter seiner Partnerin und bat sie, die Augen zu schließen. Dann legte er ihr etwas Schweres um den Hals und stellte sich mit einem Spiegel vor sie hin.

Nicole öffnete die Augen, blickte auf ihr Spiegelbild, sperrte die Lider auf, dass man fast nur noch das Weiße sah und unterdrückte einen Schrei mit der Hand vor dem Mund. Dann aber kam es doch über sie, und sie schrie. »Du bist wahnsinnig! Wie hast du das gemacht? Wo kommt sie her?« Sie wog den goldenen Widder in ihrer Hand, maß das Gewicht der Kette und sagte erstaunt: »Gold! Es ist echtes, schweres Gold!«

»Der Historiker hat mich auf die Idee gebracht«, erzählte Heinrich. »Tatsächlich lag die Kette vor der Marienstatue auf der Schatulle. Ich habe sie sofort in meinem Hosensack versteckt, damit sie niemand sieht und sie nicht verloren geht. Sie war allerdings etwas staubig. Ich habe den Rasierpinsel also schon einmal benutzt, bevor ich das Pergament damit gesäubert habe.«

»Willst du andeuten, dass es keine Replik ist, sondern die echte Kette des Ordens vom Goldenen Vlies aus dem Besitz von Karl dem Kühnen?«

»Genau. Und zwar diejenige vom Porträt des Rogier van der Weyden, wie es Beat Jenzer vorhergesagt hat.«

»Aber … dann wäre das Testament …«

»Kann auch sein, dass die Kette aus der Beute von Grandson stammte und Adrian von Bubenberg erst auf die Idee mit dem Testament gebracht hat. Wir werden es nie herausfinden.«

Nicole hatte es vor Freude die Sprache verschlagen. Erst nach ein paar Mal tonlosem Schlucken und einem erstickten Schluchzen fasste sie sich wieder und sagte: »Das Abenteuer wird aber gebührend gefeiert. Du kannst für Samstagabend einladen!«

SAMSTAG, 5.10.2013

So kam es zum Mittelalterfest im *Schwarzen Kater*. Grund genug für Baron Biber und Mathilda, den Gästen zuerst zwischen den Beinen herumzustehen und sich in eine ruhige Ecke im ersten Stock zu verziehen, als es in der Gaststube immer voller wurde.

Alles begann mit Lauten und Schalmeien. So hätte es jedenfalls sein sollen, aber mittelalterliche Instrumente waren kurzfristig keine zu besorgen. Dafür trat ein Musiker mit einem Büchel auf, sozusagen einem Westentaschenalphorn. Er hatte es schon auf Alpweiden dazu verwendet, Rinder und Kälber auf sich aufmerksam zu machen, die wohl gebannt den hypnotisierenden Klängen gelauscht hatten.

Im *Schwarzen Kater* jedoch kehrte sich der Effekt um: Statt die festfreudige Menge zu einem Augenblick der inneren Einkehr zu bewegen, begeisterte das Instrument die Menschen derart, dass sie es schließlich übertönten.

Das Lokal selbst war liebevoll dekoriert. Die Vorstellungen vom ›Mittelalter‹ blieben jedoch diffus, einzig Michelle Broccard war hilfreich mit einer Beamer-Projektion in Form einer Dia-Show. Bilder von den neuesten Ermittlungen gab es ja genug. Das Staubtuch allerdings, das aus der Computerspezialistin des 21. Jahrhunderts eine adlige Dame machen sollte, passte weder zur Vorstellung noch zu Jeans und T-Shirt.

Eine Motto-Party war angekündigt. Es wurden Met und Bier ausgeschenkt und mit allerlei Krämereien und Gewürzen aromatisierte Würste vom Grill angeboten. ›Aus der Region, für die Region‹: Man kannte den Namen des Huhns, das die Frühstückseier legte. Aber man wusste nicht, wie die Nachbarn hießen. Deswegen erhielten alle, die einigermaßen originell herausgeputzt waren, eine Kopie des Testaments von Karl dem Kühnen, in dem der Name in eine ausgesparte Lücke eingetragen wurde. Heinrich hatte die Eidgenossen getilgt, sodass nun viele Beglückte als Erbe des burgundischen Herzogtums galten. So wurde die knapp abgewandte europäische Katastrophe in ein temporäres privates Glück verwandelt.

Eingeladen waren eigentlich nur ein paar ausgewählte Leute. Beat Jenzer war nicht abkömmlich, und die Geheimdienste mochten sich über Satelliten, Drohnen oder Google Earth beteiligen, auch die NSA war bestimmt mit im Spiel, wenn auch niemand ihre Verkleidung erkannte. Markus Forrer kam mit einigen Kollegen – nicht völlig überraschend – als Landsknechte, seine Freundin als Marketenderin.

Aber da erschien auch eine Unzahl von Leuten, die

man im *Schwarzen Kater* noch nie oder schon lange nicht mehr gesehen hatte. Heinrich Müller und Nicole Himmel sollte es recht sein, denn ein Fest ist ein Fest und in seinem eigenen Sinne einmalig. Mittelalterpartys gab es sowieso zu wenige, und wenn sie erst überall von ihrem Fall herumerzählten, musste die Leidenschaft für vergangene Zeiten doch aufblühen.

»Manchmal«, flüsterte Heinrich Nicole ins Ohr, »vermisse ich einen Dr. Watson, der die Erlebnisse des heldenhaften Detektivs …«

»… und seiner furchtlosen Assistentin …«

»… zu Papier bringt und der Öffentlichkeit zu wissen kundtut, zu ihrer wissenschaftlichen Belehrung und zu ihrer Unterhaltung.«

Als sich Nicole ein frisches Glas Met holte, gesellte sich ein Mann mit einer italienischen Halbgesichtsmaske zu Heinrich Müller, spitzte die Lippen und fragte: »Detektiv, hast du schon einmal von Simonetta Vespucci gehört? Geborene Cattaneo, schönste Frau der Renaissance, Turnierdame des Giuliano de' Medici, Modell für Sandro Botticellis ›Geburt der Venus‹?«

»Ich kenne das Bild, aber nicht die Dame.«

»Dann mach dich kundig, Detektiv, du wirst von ihr hören!«

ENDE

ERKLÄRUNGEN UND ÜBERSETZUNGEN

zu S. 47:

›Also bisshar ein eydtgnoschafft
Hat gfüert so ein ehrlichen stand
Das ir lob gieng durch alle land
Das sie waeren fromm byderb leüt
Es hat ouch kein fürst yn langer zeit
Gegen yn kein syg ye moegen han
...
Karle von Burgund mocht auch nit bliben

Antwort:
So nim von mir hie ein verstand
Saechs ding zerstoeren alle land.
Das ist hoffart / Unghorsamkeit
Dar zuo nyd und lychtfertigkeit
Verzwyfflung und auch gydt
Zerstoeren gar vyl land und lüt.‹«

*Also hat die Eidgenossenschaft**
einen so rechtschaffenen Staat geführt,

---

* So nannte man die Schweiz bis 1848, als die erste Verfassung des modernen Bundesstaats in Kraft trat.

dass man sie in allen Landen lobte
als fromme und geradlinige Leute.
Es ist auch seit langer Zeit keinem Fürsten gelungen,
gegen sie einen Sieg zu erringen.

Karl von Burgund konnte sich auch nicht halten.

So nimm von mir hier einen Rat entgegen:
Sechs Dinge zerstören jedes Land.
Das ist Eitelkeit, Ungehorsamkeit,
dazu Neid und Oberflächlichkeit,
Verzweiflung und auch Geiz
zerstören viel Land und viele Leute.

zu S. 85:

Die gröste brunst der stat berne.

Do man zalte von gots geburt MCCCCV jar, uf einen dornstag so da waz der vierzehndost tag meyen, nach vesper zit, alz die glogge bald fünfe slachen solte, gieng für uf am mitten an der brungassen schattenhalb, und waz von bisen grosser wind, und wart daz für so mechtig, daz es nieman kond erweren. Zehand in einem vierden teil einer stund waz daz für ubergangen die brungassen, die hormansgassen, die meritgassen, die kilchgassen, die egerdengassen, die barfüssen, im graben, in der nüwenstat, die ysel [Insel]*; daz alles verbran ussgenomen die predier* [Predigerkloster] *und ein ort an der ringmure zwüschent den toren, und erwand* [aufhören] *hienieden bi dem kouffhuss und am rüwental, den bran ir gloghus ab. Also verbran die alt kebie, do die zitglogge inne hanget, darinne verbrunnen siben pfaffendirnen. Daz für slug von der ysel den berg ab, und verbrunnen alle hüser ze marsyli und beleip da nüt. Also verbrunnen bi sechshundert hüsern, gros und klein, und gros guot darinne und me denne hundert mönschen. Es kond nieman vernemen, wannan dise grosse plag komen were; doch hat man grossen argwan uf etlich pfaffendirnen, so desselben tages von den pfaffen ussgebürget* [durch Bürgschaft ausgelöst] *wurden. Es wurden ouch etlich gefan-*

gen und wolten nüt vergechen [gestehen]. *Aber ein bös wip ab dem belpberg, hies furerra, hat zwüschent den brünsten vil rede getriben, wie der stat gros liden vorschine. Ir eigen sun gab si hin* [zeigte sie an], *und wolt nit vergechen, und wart doch verbrent. Nach disem grossen kumber hat man sich verwegen* [entschlossen], *rete und zweyhundert, man wölte sich bessren, und nieman müssen nach widerrechts twingen und jederman glichs gestatten. Ist daz beschechen? Daz wirt sich ervinden an der stat, da nit me verborgen ist, am jüngsten gericht.*

Der größte Brand der Stadt Bern

Als man das Jahr 1405 nach Christi Geburt zählte, an einem Donnerstag, dem 14. Mai, am Nachmittag, als die Glocke bald fünf Uhr schlagen sollte, begann in der schattseitigen Brunngasse ein Feuer, und da die Bise* kräftig blies, wurde das Feuer so stark, dass man sich seiner nicht mehr erwehren konnte. So griff das Feuer binnen einer Viertelstunde auf die ganze Brunngasse über, aber auch auf die Hormannsgasse**, die Marktgasse, die Kirchgasse***, die Egerdengasse****, auf das Bar-

* kühler, meist kräftiger Nordostwind
** heute: Rathausgasse
*** heute: Münstergasse
**** heute: Herrengasse

füßerkloster*, in den Graben**, in die Neustadt*** und auf die Insel****; das alles verbrannte mit Ausnahme des Predigerklosters***** und einen Ort an der Ringmauer zwischen den Toren. Es hörte erst hier unten beim Kaufhaus****** und am Kloster Reuental******* auf, dort verbrannte aber der Glockenturm. Genauso verbrannte das alte Gefängnis, wo die Zytglogge drin hängt, dort drinnen verbrannten sieben Pfaffendirnen********. Das Feuer schlug von der Insel den Berg hinunter und verbrannte alle Häuser im Marzili, nichts blieb dort übrig. So verbrannten knapp 600 Häuser, große und kleine, und viel Besitz darin und mehr als 100 Menschen. Es fand niemand heraus, woher diese große Plage gekommen war; doch man verdächtigte etliche Pfaffendirnen, die am selben Tag von den Pfaffen durch eine Bürgschaft aus dem Gefängnis gelöst worden waren. Es wurden auch einige davon gefangen genommen, aber sie wollten nichts gestehen. Jedoch hat ein böses Weib vom Belpberg namens Furrera******** während des Feuers viel gejammert, wie der Stadt großes Leiden bevorstehe.

---

* heute steht dort das Konzerthaus Casino
** Münzgraben beim Casino, heute überbaut
*** neuer Stadtteil westlich des Zytgloggeturms
**** ursprünglich das Insel-Spital etwa anstelle des heutigen Bundeshauses Ost
***** heute Französische Kirche, der Kreuzgang mit den Gemälden von Niklaus Manuel Deutsch (»Totentanz«) existiert nicht mehr
****** ursprünglich das Zolllager im Predigerkloster
******* ehemaliges Frauenkloster am heutigen Münsterplatz
******** wie der Name andeutet: Geliebte von Geistlichen
******** Frau Furrer

Ihren eigenen Sohn hat sie angezeigt, der wollte nicht gestehen und wurde doch verbrannt. Nach diesem schweren Kummer haben sich der Rat der Stadt Bern und die Zweihundert* entschlossen, man wolle sich bessern, niemanden werde man gegen das Gesetz zu etwas zwingen und jedermann gleich behandeln. Ist das geschehen? Das wird sich finden zu dem Zeitpunkt, an dem nichts mehr verborgen ist, nämlich beim Jüngsten Gericht.

* Regierung und Parlament der Stadt Bern

ÜBER DIE BISHERIGEN FÄLLE DER DETEKTEI MÜLLER & HIMMEL: DIE KULINARISCHE KRIMIREIHE

Heinrich Müller war groß geworden mit Pausenmilch, Perry Rhodan hatte ihn sozialisiert, Dr. Sommer aufgeklärt. Er war mehrfach unglücklich verliebt zu finnischem Tango, den schmerzhaftesten Herzensverlust hingegen begleitete Eric Burdons ›House of the Rising Sun‹. Erste detektivische Ambitionen bewirkte Michelangelo Antonionis ›Blow Up‹, das Gymnasium beendete er mit Jimi Hendrix. Die Ausbildung zum Polizisten war überschattet vom Gegensatz zwischen Ländlern und chinesischer Revolution. Beim Austritt aus dem Polizeidienst unterstützte ihn die Entdeckung von Single Malt Whisky.

So lernt man den Detektiv der Detektei Aubois & Müller vor seinem ersten Einsatz in ›Salztränen‹ kennen. Die Arbeit als Polizist ist zu einengend für den Mann, der sich lieber seinen Hobbys widmet und ein bescheidenes Auskommen als Versicherungsdetektiv erarbeitet. Seinen ersten literarischen Auftrag erledigt Müller im Emmental, wo er nicht nur mit dem Käse Bekanntschaft macht, sondern auch mit Nicole Himmel, die ihm bei den Ermittlungen zur Seite steht. Henry Miller und Lucy heißt das ungleiche Paar, wenn es seine dunklen Seiten auslebt, und das ist ihm ein ständiges Bedürfnis. Nach dem Abschluss des Käsefalles gründen die beiden die Detektei Müller & Himmel.

Nun werden sie zu einer Künstler-Wurst-Party nach Ostermundigen an den Rand von Bern eingeladen, auf der zwei Menschen sterben. In diesem zweiten Fall namens ›Wursthimmel‹ geht es neben der Kriminalgeschichte selbstredend um das titelgebende Nahrungsmittel. Nicole und Heinrich arbeiten stärker mit Bernhard Spring, Störfahnder der Police Bern, und seiner Kollegin Pascale Meyer zusammen. Im Lauf der Ermittlungen lernt Heinrich Leonie Kaltenrieder kennen und verliebt sich in sie. Nach dem abgeschlossenen Fall beziehen Heinrich, Leonie und Nicole ein Haus im Berner Breitenrain, wo sie neben der Bar-Galerie Bauch & Kopf auch ihre Detektei betreiben.

›Feuerwasser‹ bringt die Konsolidierung der Zwangs- und Wahlverwandtschaften und eine engere Zusammenarbeit zwischen der Detektei Müller & Himmel und der Abteilung der Police Bern unter dem Störfahnder Bernhard Spring. Mit einem Stauseeprojekt im Justistal kommt Feuer ins Dorf Sigriswil, das mit keinem Wasser mehr gelöscht werden kann. Das Berner Oberland wird zum Schauplatz voralpiner Verbrechen, die nur unter verstärktem Einflößen von Lebenswasser gelöst und letztlich dem Vergessen anheim gegeben werden können. Heinrich Müller lernt nebenbei die Segnungen der hubschrauberbetriebenen Rettungsdienste kennen.

In ›Gnadenbrot‹ beteiligt sich das ganze Team um die Detektei Müller & Himmel an Filmaufnahmen für die nachgestellte Schlacht von Murten 1476, der entscheidenden Auseinandersetzung der Eidgenossen mit dem Heer der Burgunder unter Karl dem Kühnen. Als nach einem turbulenten Drehtag ein Toter auf dem Schlachtfeld zurückbleibt, kommt wieder Bewegung in das Quartett um Heinrich Müller, dessen aktuelle Auftragslage nicht gerade rosig ist. Ein gestohlener Wandteppich, beunruhigende Kornkreise und dunkle Geschichten aus der Zeit der Hexenverfolgungen geben den Ermittlern jedoch immer neue Rätsel auf.

›Mordswein‹ spielt vor allem in der lieblichen Reblandschaft am Bielersee, wo man einen Mann findet, der in einer Wolfsfalle zu Tode gekommen ist. Hat die Rebgüterzusammenlegung zu Exzessen geführt, oder steckt eine persönliche Abrechnung dahinter? Und was ist mit dem zweiten Toten, der auf der Terrasse des Centre Dürrenmatt in Neuchâtel erschossen wird? Beides sind Exponenten der Staatserhaltenden BürgerPartei SEBP. Ein literarischer Mord oder eine politische Fehde? Die Sippschaft um Heinrich Müller und Nicole Himmel ist gefordert. Es braucht viel vergorenen Traubensaft, bis sie der Lösung einen Schritt näher kommt. Leonie Kaltenrieder jedoch lernt die Gefahren von Brandstiftung kennen und zieht sich aus der Gemeinschaft zurück.

Im abschließenden Band ›Schokoladenhölle‹ sterben in Bern kurz nacheinander ein Banker, ein Zuckerbäcker und eine leicht bekleidete Dame. Die Todesfälle, die auf den ersten Blick nichts miteinander zu tun haben, verwirren die Polizeieinheit des Störfahnders Bernhard Spring und die Detektei Müller & Himmel. Zudem kommt man immer wieder an einen toten Punkt, was schließlich Nicole Himmel derart entnervt, dass sie ihre Mitarbeit aufkündigt. So wird die Geschichte um Tod und Schokolade zu einem bittersüßen Abgesang auf Müllers Sippschaft. Obwohl der Detektiv seinen Instinkten nicht mehr vertraut, gelingt ihm in einem emotionalen und intellektuellen Kraftakt dennoch die Lösung des Falls. Am Ende tauchen wie zu einer Klassenzusammenkunft alle Personen der Romane auf, und man erfährt, in welche Richtung sie der Strom des Lebens treibt.

Weitere Krimis finden Sie auf den folgenden Seiten und im Internet: www.gmeiner-verlag.de

Paul Lascaux
Schokoladenhölle
978-3-8392-1391-9

»Zuckersüßer Tod!«

Ein toter Banker im Berner Tierpark Dählhölzli, dem das Herz entnommen wurde, und ein Zuckerbäcker, der über seinen Marzipankreationen den Tod fand – wieder einmal erweist sich ein Fall für den Störfahnder Bernhard Spring als harte Nuss. Auch bei der Detektei Müller & Himmel herrscht wenig Zuversicht. Es gilt, die Verbindung zwischen den beiden Opfern zu finden, bevor es einen weiteren Todesfall gibt …

GMEINER
Wir machen's spannend